Sueños desconocidos

Bárbara Escaler

Portada:

Fotografía: José Ortega

http://joseortega.zenfolio.com/about.html

Modelo: Bárbara Escaler

Locación: Mar Caribe, Tulum, Q. Roo Edición y Diseño

de Portada: Isahíd Noguez

Primera edición publicada por Blurb en el año 2014
Esta edición publicada por Bárbara Escaler en el año 2017

agotamiento; tristes y solos ahí se quedaban, nadie se detenía.

De pronto caí, de pronto me levanté, de pronto volteé a ver el camino de los sueños y de los soñadores me reí; yo iba muy adelante en el camino que conducía a la felicidad, pues eso decían los señalamientos. ¡Ah sí! Estaba muy cerca... me sentí tan feliz, que quise contárselo a alguien, a mi amigo o a mi hermana, a mis padres o a mis hijos, pero no encontré a nadie, iba sola pues los había dejado atrás mientras yo corría para alcanzar la felicidad... mi hermana se había ido, mis padres habían muerto, mis hijos habían crecido y mis amigos estaban corriendo. ¿Qué pasó? Traté de calmarme pues me sentí profundamente triste, sobre todo porque no los había disfrutado, no recordaba la última vez que reí con cada uno de ellos, no me acordaba ni de sus voces; entonces caí, no por cansancio sino por tristeza. La gente pasó a mi lado y me ignoró, me atropellaron y rodé por el acotamiento.

No sé cuánto tiempo habré pasado ahí, de pronto vi que alguien se acercó, era un hombre grande, de mi edad... del cual me había reído tiempo atrás, pues el caminaba por el sendero de los sueños.
-Te conozco -me dijo -hace algunos años en el camino de los sueños tuvimos la oportunidad de caminar juntos por algún tiempo, pero ¿qué te ha pasado? Mira cómo estás - Me alzó en sus brazos y tomó la siguiente salida, llevándome con él por el sendero de los sueños, se detuvo en un banco en medio del bosque, algo que jamás verás en el camino de la realidad y si lo ves probablemente no te sentarías para no perder el tiempo. Bebimos un poco de agua, guardamos silencio, tenía años que no escuchaba el silencio, me vio a los ojos y sonrió: - ¿Sabes? Llámame loco si quieres, pero creo que no alcanzaste la felicidad, creo que ese camino está lleno de falsa publicidad ¿tú que piensas?
-Preguntó viéndome con esos ojos cafés que brillaban como si el sol mismo habitara en ellos, con esa mirada sabia de los niños,

con una sonrisa sincera y sobre todo con mucha modestia en sus palabras.

-No sé si es falsa publicidad, pero es muy buena; ve este camino, no tiene ni un solo señalamiento que te indique a dónde vas a llegar; llámame loca si quieres, pero creo que este camino no lleva a ningún lugar -Contesté con soberbia, sobre todo porque no quería aceptar que me hubiese equivocado, aceptar eso en el camino de la realidad era sinónimo de fracaso- Bien ¿y a dónde llegaste en el otro camino? Cuéntame -Se cruzó de brazos y me observó con atención, esperaba que le revelara todo lo que alcancé estando allá- Muchas cosas, por ejemplo, en mi camino logré comprar una casa muy bonita en una zona que muchos envidiarían, me compré un auto rápido y de lujo, mira la ropa que visto y la vida que llevo; no podrás decir que me hace falta algo ¿o sí? -Con mucha compasión me acarició el cabello.

-Creo que te hace falta lo más importante en la vida: te hace falta amor, te hacen falta sueños, te hace falta al menos un amigo y sobre todo te haces falta tú; yo te conocí y conocí a una mujer que gozaba cada día como si fuese el último; que bailaba sin necesidad de escuchar música; una mujer creativa que sentía compasión por los demás y hoy, ella no está aquí; en su lugar veo a una mujer que es hermosa por fuera, pero vacía por dentro; triunfadora en el camino de la realidad, pero sin un solo sueño personal que seguir. Creo que en el camino de los sueños no siempre habrá casas en zonas envidiables; quizá aquí no haya siempre ropa hermosa que la gente voltee a ver, pero aquí no hacen falta señalamientos que indiquen cuánto te hace falta para alcanzar la felicidad pues aquí la vives día a día ¿Viste alguna vez con calma los señalamientos del otro camino? En todos se lee: "si tienes esto o aquello estás cerca de la felicidad" pero siempre hace falta algo más; siempre te dicen a dónde y por dónde ir y ahí vas, aunque no quieras, pues es ahí donde te dicen que está la felicidad. Aquí no pasa eso, aquí vas a tu ritmo, vas por donde quieres y adonde quieres; tu único guía son tus sueños y la gente que te ama siempre va a tu lado. Ahora ¿entiendes

la diferencia entre ambos caminos? Llámame loco nuevamente, pero creo que aquí yo soy feliz; aunque llore, aunque me caiga; porque cuando lloro siempre tengo un hombro en el cual hacerlo y cuando me caigo siempre hay alguien que me ayuda a levantarme; quizás voy más lento, pero es porque observo a mi alrededor, disfruto del paisaje mientras avanzo, incluso a veces me detengo a observar un poco más. Esto es para mí la felicidad
-Yo estaba llorando nuevamente, todo lo que decía era verdad, alguna vez lo había vivido y lo extrañaba con todo mi ser, pero nunca tuve el valor de reconocerlo.

-Gracias -le dije limpiándome las lágrimas; extrañamente me sentía muy feliz, así que me levanté y bailé, corrí y grité; disfruté de ese momento, de ese atardecer, tomé su mano y me despedí.

-Bueno, es hora de marcharme, no puedo retrasarme más - Empecé a caminar hacia el sendero de los sueños cuando él me llamó: - ¡Espera! No pensarás tomar la siguiente salida
-Noté que él dudaba de mi siguiente paso- ¿Qué? ¿Al camino de la realidad? Llámame loca si quieres, pero tengo sueños que alcanzar.

No lo he vuelto a ver, pero no fue necesario, en el camino en el que voy, tenemos tiempo de recordar y casi siempre los verdaderos amigos se vuelven a encontrar.

PRIMER SUEÑO
El Fotógrafo

Somos nada, somos fotografías, a veces foto fija, a veces con vida. Recordamos breves lapsos de tiempo, breves instantáneas que nos dejan quizá un aroma, quizá un sentimiento, quizá ni siquiera eso. Somos un momento, solo un momento.
En segundos ves el ayer y añoras aquel viejo sentimiento, en segundos deseas volver a tomar lo que has dejado caer. Aquel camino abandonado, aquella sonrisa, aquel amor, aquel ayer.

Gerardo era un hombre amable, lo apodaban el abuelo de la colonia, vivía en la casa que heredó de sus padres, tenía casi setenta y cinco años, no se casó ni tuvo hijos; él había sido fotógrafo, había viajado por el mundo, tenía en su casa muchas fotografías, siempre recibía a los que crecieron a su alrededor con gusto y les mostraba fotos de distintos lugares contándoles alguna anécdota sobre esa foto, sobre ese viaje.

Carlos era un joven de veintidós años que soñaba con ser fotógrafo, inspirado por el vecino que tantas veces conversó con él, que tantas veces lo contrató para podar su pasto o hacerle mandados a cambio de unos pesos y algunas lecciones de fotografía.

Carlos se sorprendía de todo lo que el viejo conoció, veía ávidamente las fotos, los detalles que en ellas salían, pero siempre le interesaba más el detalle que salía de la boca del viejo, aunque para ello tuviera que insistir mucho, pues aunque el viejo contaba cosas generales de los lugares, lo hacía de manera objetiva, imparcial, como si nunca hubiera tomado parte de lo que rodeó a esas fotos, como si nunca realmente hubiese estado ahí, así que él lo empujaba con preguntas hasta arrinconarlo y lo obligaba, de vez en vez, a contar algo más personal.
- ¿Dónde tomaste esta? La montaña se ve completamente roja bajo los árboles, fue por la tarde, ¿verdad? ¿En el atardecer? - Gerardo tomó la fotografía, la acarició como solía hacer cada vez que tomaba una, la miró por unos segundos como record-

ando.

-Esta foto es un atardecer en *Blue Mountain*, que está en Sydney, Australia, es una montaña muy grande y hermosa; Australia tiene de las mejores geografías que he visto, es tan especial y distinta al resto del mundo. -Carlos sonrió y se acercó al viejo.

- ¿Tienes más fotos de Australia? Me encantaría verlas más adelante y ¿cómo llegaste a Blue Mountain? -El viejo se levantó por un poco de agua en silencio, la tomó, prendió su pipa y se volvió a sentar en el sofá ya dañado por los años.

-Me asignaron un trabajo, debía fotografiar los trabajos de la construcción de un puente, para una constructora internacional, nunca supe si el proyecto era de ellos o si consiguieron el pase a la obra con contactos, pero yo debía tomar a mi gusto lo que me pareciera interesante y novedoso; le tomé muchas fotos a los trabajadores, siempre he preferido fotografiar más lo vivo, la naturaleza, el sudor o quizá alguna obra arquitectónica que refleje una época, un sentimiento, pero no simples paredes de concreto o vigas de acero, prefiero aquello que transmite algo- Dejó la foto y se quedó viéndola en silencio, parecía que lo que tuviera que salir de su boca ya hubiese salido.

Carlos no sabía qué hacer para sacar algo más de aquella intrigante mente, pero sabía que no era el momento, además tenía que correr pues iba a cenar con unos amigos.

-Nos vemos, vengo a verte el domingo un rato, claro, si estás de acuerdo -El viejo lo abrazó.

-Gracias por venir, siempre eres bienvenido.

Cuando iba camino al restaurante Carlos pensaba en lo solo que estaba Gerardo, nunca había preguntado por qué no se había casado, porqué nunca tuvo hijos; esos detalles eran desconocidos para todos; incluso su madre, que había crecido en esa misma colonia, ignoraba la historia completa de Gerardo, siempre fue conocido como el fotógrafo que publicó su trabajo en grandes revistas, como *Reader's Digest* y *National Geographic*, sus fotos incluso fueron exhibidas en varios museos y galerías de la Ciudad y de otras partes del mundo; tuvo una vida social muy activa hasta el día en el que decidió retirarse y dedicarse a tomar fotos por gusto; normalmente lo hacía al caminar por la colonia o por parques de la ciudad, pues aunque estaba solo, él constantemente salía y regresaba por la tarde después de un paseo, siempre con su cámara al hombro, siempre su equipo estaba listo en el auto, eso sí, él odiaba la fotografía digital, se quejaba de la falta del ritual: la preparación del filme y el diafragma; no toleraba el "no culto" al revelado, al momento de ver por primera vez tu foto cuando sabes que esa toma no se va a repetir, cuando los químicos poco a poco hacen que aparezca ese perfecto momento que la lente logró captar, ese segundo. No, a Gerardo no le gustaba tener la oportunidad de volver a tomar un mismo cuadro al ver que no salió bien, eso no requería práctica, no requería amor, solo paciencia y la pila suficiente para tomar mil fotos a un mismo objeto.

Carlos dejó sus pensamientos a un lado cuando llegó a su destino: un restaurante de moda en una zona comercial conocida dejó su auto con el *valet parking*, tomó su cámara digital y se encaminó al restaurante.

-Bueno, ya pensé mucho en ti viejo y discúlpame por traer mi cámara digital, pero soy un chico del siglo veintiuno, imposible no tener una, además es para la reunión, no para el trabajo -Dijo en su mente y a lo lejos vio la mesa donde sus amigos ya le hacían señas.

-Por acá, llegas tarde -Con una franca sonrisa tomó asiento y el camarero ya le preguntó que deseaba beber mientras él se quitaba esa vieja chamarra de pana que tanto amaba. - Vodka con agua mineral, por favor.

La noche pasó rápido, sus amigos siempre lo hacían reír, era una de esas personas que siempre se divierten en cualquier momento y atesoraba más que nada a sus amigos, pues él era una persona de gente, de sentimientos, que más que cualquier cosa en el mundo, valoraba una amistad, un amor, un lazo familiar. En la cena estaba Tammy, su novia, a pesar de llevar años juntos eran muy independientes uno del otro, siempre se daban espacio, compartían algunos momentos, pero cada uno estaba enfocado a su carrera, a hacer lo que amaban y ellos, su relación, era tan sencilla, tan natural que no necesitaban demostrar constantemente que se amaban, sencillamente era así.

Tomó muchas fotos de aquella noche, como siempre; al terminar la cena siguió a su novia hasta su casa para asegurarse de que llegara bien, la despidió en la puerta. La noche había llegado a su fin, iba camino a su casa cuando vio una casa hermosa, se detuvo a tomarle un par de fotos; una vez en su casa se fue directamente a su cuarto, descargó las fotografías en su computadora, las catalogó y separó las que imprimiría. Se durmió.

El domingo llegó, Carlos desayunó con sus padres, y recibió una llamada de Tammy, quería verlo y quizá ir al cine o algo así. -Prometí ir a ver a Gerardo, nena ¿qué te parece si vamos al cine por la tarde? después de verlo -Tammy suspiró. -Está bien chiquillo, llámame cuando te desocupes, aunque para serte sincera, por lo que me has contado del tal Gerardo me parece un ermitaño raro, no dudes que sea un asesino en serie -Tammy reía, no hablaba en serio, aunque a Carlos no le agradó el comentario.

-Nena, no lo conoces ni sabes nada de él, es una muy buena persona, jamás le haría mal a nadie – No estaba molesto con Tammy, pero tampoco le agradaba que su querido viejo fuera motivo de broma.
-Entonces dime ¿por qué está tan solo? si fuese una buena persona no estaría solo, pero era una broma, olvida mi comentario, te amo -Nunca llegaban a discutir, así que el final siempre era el mismo -Y yo a ti, paso por ti a las cinco
¿de acuerdo? -Después de colgar se despidió de sus
padres, tomó unas fotos que había revelado el día anterior y que deseaba mostrar a su mentor para conocer su opinión.

Caminó a casa del anciano, cuando tocó la puerta y no hubo respuesta pensó que quizá el viejo había salido, entonces verificó el garaje y vio ahí el auto -Esto es raro, él nunca me dejaría plantado -se asomó por la ventana y lo vio en el sillón, estaba como dormido, pero su palidez le hizo darse cuenta de que realmente estaba muerto, así que corrió a su casa, llamó a una ambulancia y por supuesto a la policía, uno nunca sabe.

Cuando llegó la ambulancia varios vecinos salieron a ver qué pasaba, efectivamente, el viejo Gerardo había fallecido, no tenía familiares, fue hijo único y sus padres hacía años que habían muerto. Se confirmó que murió por causas naturales, un paro cardíaco. Brevemente la policía revisó la casa en busca de algún contacto que el viejo hubiese dejado para casos de emergencia y encontraron, en su agenda, el teléfono de su abogado anotado en el espacio "avisar en caso de accidente".

El cuerpo fue llevado a la morgue del ministerio público en lo que se sabía que se debía hacer con él, el abogado arribó ahí y por supuesto Carlos fungió como responsable temporal de Gerardo.
-Buenas noches, señorita, trajeron el cuerpo de mi cliente a este ministerio, el Señor Gerardo Villegas, soy su abogado el Licenciado Miguel Higaurrieta, tengo instrucciones para la disposición del cuerpo. Carlos lo escuchó y corrió a su encuentro -Hola, soy Carlos, era amigo de Gerardo -Le dio la mano.
-Sé quién eres, ven conmigo, tengo cosas que necesito decirte -Carlos lo siguió a unas sillas cercanas y tomaron asiento.
- ¿Quieres verlo? -Le preguntó Carlos.
-No realmente, somos amigos de la infancia y sí ya reconociste su cuerpo ahora tenemos asuntos pendientes. Él no tenía a nadie, como ya sabes, así que te ha dejado lo poco que tenía: la casa, su auto, su equipo fotográfico, sus fotografías, los derechos de estas y sus diarios. Todo lo demás será donado a diferentes centros de caridad: ropa, muebles, cuadros, aparatos. Dejó un

fideicomiso para su entierro y un pequeño cofre con algunas cosas personales y su primera cámara, eso me pidió meterlo a su ataúd. Ya llamé al servicio funerario, él no quiere que se le haga funeral, quiere ir directo a su tumba y solo lo acompañaremos nosotros dos. Concertaré para mañana una cita para la lectura oficial del testamento y el papeleo que aplica, como sabes en el caso de la casa se debe llevar un juicio para la enajenación del bien, lo demás puedes tomarlo hoy mismo, el juicio no es nada complicado, pero lleva su tiempo -Carlos estaba atónito, era mucha información en tan solo unos minutos, además no podía creer que el trabajo de toda la vida de su amigo terminara en sus manos, ni siquiera sabía si era justo que fuese así. Además, el licenciado dijo algo de diarios, él no había visto diarios en la casa de Gerardo, pero ya tendría tiempo para ver todo eso y entender, por lo pronto simplemente quería despedirse de su amigo, acompañarlo en su último viaje, por supuesto tomaría fotos del evento, aunque no del cuerpo, para poder guardar el recuerdo al estilo de Gerardo.
-De acuerdo ¿qué tenemos que hacer ahora? -Preguntó.
-Esperar, yo debo llenar unos documentos y la carroza llevará el cuerpo al cementerio, todo estará listo cuando lleguemos. El espacio comprado por Gerardo no fue en tierra, fue bajo la iglesia, así que solo meten el ataúd al nicho. Mi asistente ya fue a casa por el cofre que te mencioné.

El entierro fue rápido tal como lo dijo el licenciado; Tammy llegó en cuanto los padres de Carlos le informaron y sostuvo la mano de Carlos todo el tiempo, guardaron silencio hasta que la grúa terminó de subir el ataúd al tercer nicho y el licenciado quiso decir unas palabras -Gerardo no era una persona religiosa como tampoco lo soy yo, a reserva de las creencias de ustedes y con todo el respeto que se merecen quiero dedicar unas palabras de vida y no de muerte para mi amigo. Gerardo, hoy te has ido a otro lugar, quizá a un cielo que desconocemos, quizá hayas reencarnado, más tu paso por esta vida nos dejó una huella profunda, recuerdos divertidos y sobre todo un buen sabor de boca por haber conocido al gran hombre que fuiste, siempre viste el mundo de manera diferente; lo viste a través de una lente y esa lente te mostró cosas que nosotros jamás hubiésemos visto, de no ser por tus fotografías. Gracias por darme tu amistad, gracias por haber sido parte de mi vida -Los tres presentes lloraron, Tammy apretó fuerte la mano de Carlos para que no olvidara que estaba ahí, con él. Se despidieron entre ellos, era hora de ir a casa.

-Nos vemos viejo -Carlos caminó en silencio, dejó a Tammy en su casa.

-Disculpa que no hayamos ido al cine pequeña, ya habrá otra oportunidad -Tammy acarició el rostro de su amado.

-No tienes que disculparte, son situaciones especiales, te llamo mañana, te amo.

Carlos llegó a casa y les contó a sus padres de la herencia, no estaban sorprendidos pues sabían que Gerardo quería mucho a Carlos, siempre que se encontraban con él les decía lo valioso que era su hijo, ellos también estaban orgullosos de él y de sus sentimientos.

-Sabrás qué hacer con las cosas hijo, no te preocupes, por algo te las dejó a ti. Además, es una casa bonita y un bien nunca está de más. Ahora descansa, ha sido un día difícil para ti -Su madre lo abrazó, su padre se unió al abrazo y Carlos lloró, no sabía porque lloraba, si por que la muerte sorprendió a Gerardo, o porque ya no lo veía o quizá porque nunca supo realmente mucho de él o porque ya no tendría a su maestro… no sabía por qué, pero lloraba, sus padres lo confortaron hasta que él, agotado, se retiró a dormir.

Amaneció un día hermoso, era lunes y Carlos atendió la cita con el abogado; llenaron documentos, los fir-

maron; el abogado le entregó la llave de la casa, aunque le hizo hincapié de no hacer uso de ella hasta que la enajenación quedará completa, pero podía sacar y meter cosas.

-Esta tarde irán unas personas a empacar y recolectar las cosas

de donación y separar las tuyas, no te preocupes son de confianza y yo vigilaré las tareas; cuando acaben te dejo la copia que tengo de la llave y por supuesto tú también puedes supervisar las actividades -Miguel se despidió de Carlos.
-Nos estamos viendo pronto.

Carlos salió de ahí y pasó a casa del viejo donde estuvo toda la tarde en ella recorriendo las habitaciones, no se atrevía a tocar nada, de alguna manera seguía pensando que nada era suyo; entonces encontró sobre el buró el diario de Gerardo, tenía una pasta negra con una etiqueta blanca que lo señalaba como el diario número cincuenta y cuatro - Cincuenta y cuatro diarios, tendré mucho que leer sobre ti amigo, si me los dejaste, quizá es porque quisiste que al final te conociera tan bien cómo me hubiese gustado conocerte en vida -El joven lo dejó ahí mismo, prefirió esperar a que le entregaran todo junto, además siempre se debe comenzar por el principio.

Salió de la habitación y se sentó a esperar a que llegara la gente del licenciado; aunque no desconfiaba, quería ver las cosas que salían de aquella casa y las que se quedaban. Igual le hubiera gustado ver el contenido del pequeño cofre que se había enterrado en el ataúd con Gerardo.

Se sentó en el sofá que normalmente usaba durante sus visitas y esperó, observando a su alrededor: las paredes, los cuadros, la cocina que se alcanzaba a ver desde la sala, las tazas, las fotografías en marco o en poliéster; tomó una revista de *National Geographic* que estaba en la mesita, supuso que era una de las revistas que había publicado alguna fotografía de su amigo, deseó por un momento tener la suerte de publicar su trabajo en revistas tan importantes como aquella. Buscando página tras página la encontró, bueno, no era una, eran tres fotografías del río Amazonas, que retrataban la vida cotidiana de una tribu de aborígenes de aquel lugar: un niño echándose un clavado al río, una mujer amamantando a un bebé y un hombre escalando un árbol para bajar un fruto; una familia en diferentes momentos supuso Carlos; cerró la revista y volvió a sus pensamientos y a la observación. Por un momento se imaginó a Gerardo en el sofá frente a él, con su pipa en una mano y con la otra acariciando alguna de sus fotografías.

Sus pensamientos fueron interrumpidos por la gente que llegó a empacar y a sacar las cosas; no sabía que existía gente que se dedicaba a eso, pero en menos de dos horas las cosas estaban divididas y empacadas; le hicieron entrega de unas diez cajas grandes y pesadas. Miguel llegó a supervisar y le preguntó si deseaba que se las llevaran a algún lugar.

-No, gracias. Quiero que se queden aquí ¿tú sabes qué pasó con todas las cosas de sus padres? Vi que solo había cosas de Gerardo -Preguntó Carlos que sabía que esa casa había sido de los padres de Gerardo quien nunca se había mudado de ella.

-Cuando falleció su madre, que fue la última en morir, el donó todo a la caridad a excepción de los muebles. En cuanto a las fotografías y los recuerdos, los quemó porque pensaba que era muy doloroso observarlas. Pensó que era querer recordar algo que ya no existía y las eliminó -Carlos no podría imaginar quemar las cosas de alguien a quien amase, pero tampoco cuestionó la decisión del viejo, solo él y quizá sus diarios le permitirían entenderlo.

Cuando todo terminó y la gente se fue dejando vacía aquella casa que había tenido tanta vida, tanta personalidad, Carlos tomó su celular y le mandó un mensaje a sus padres y a su novia, estaría ahí un rato más, necesitaba algo de tiempo solo, apagó el celular y se dedicó a abrir cajas al azar.

La primera tenía fotos y más fotos, en cerca de doce pilas; él calculó que deberían ser al menos quinientas fotografías por pila, abrió la segunda y lo mismo. Fueron cuatro cajas de fotografías; en otras dos cajas había rollos y filmes; en la séptima habían cerca de siete cámaras fotográficas. Los tripiés y otros accesorios le fueron entregados sueltos; las últimas tres cajas eran los diarios: todos negros, todos señalados con una etiqueta blanca. Se dedicó por unos momentos a organizar por número los diarios, contó del uno al cincuenta y cuatro, rápidamente vio que el primero había sido escrito el primer día de enero del año mil novecientos cincuenta y tres, leyó la primera entrada.

"Hoy es el primer día de enero del año mil novecientos cincuenta y tres, tengo veintiún años y empiezo mi carrera de fotógrafo, soy Gerardo Villegas y pienso ser el mejor fotógrafo del mundo. Terminé mis estudios hace casi seis meses, pero soy una persona de ciclos y quiero empezar con ciclo anual mi trabajo. Mi maestro me ha recomendado llevar un diario de mi vida como fotógrafo, para así poder recordar quien soy cuando llegue a olvidarlo. Yo descubrí, al estudiar fotografía, que la vida se ve distinta a través de la lente, pues captas un segundo que significa a veces más que toda una vida; ese segundo que tú ves, que tú captas con la cámara, se convierte automáticamente en una realidad que muchos no ven; se convierte en un sentimiento que a muchos no les llega y he descubierto que mi misión es hacerle llegar a la gente ese segundo. Así empiezo este diario, mañana tengo una primera sesión de fotografía para una boda, no es precisamente mi sueño hecho realidad, pero definitivamente tengo que empezar a vivir de esto, mis padres me apoyan en mi carrera, pero quiero generar algo de dinero. Hablando de mi padre, él es un médico reconocido, adinerado, pero no quiero abusar de él. Después de la boda, que es en la mañana, visitaré un pueblo cercano a casa llamado Villa del Carbón, tomaré algunas fotografías y junto con mi portafolio se las llevaré a un amigo periodista, que trabaja para el Heraldo de México, un periódico famoso en esta época, creo que tengo el talento y los contactos para poder empezar mi carrera con el pie derecho. Fin del día. No hay más novedades.

Carlos brincó de hoja en hoja, leyendo, en resumen, que Gerardo obtuvo el trabajo en el periódico; comenzó como fotógrafo de sociales, después fue fotógrafo del mundo de espectáculo y posteriormente como fotógrafo de corresponsales, primero nacionales y luego internacionales. Fotografió la guerra de Vietnam, el movimiento pacifista de Estados Unidos, él venía de ver la guerra y no podía creer que aquellos hippies creyeran que con bailar desnudos y fornicar lograrían acabar con el dolor que él pudo captar. Fotografió a las personas envueltas en el asesinato de JFK y el movimiento estudiantil de mil novecientos sesenta y ocho en México; fue después de esta matanza que Gerardo no podía más, no quería fotografiar más asuntos políticos, necesitaba un cambio y mandó su portafolio a la redacción de la revista *Reader's Digest* y a la *BBC* de Londres, haciendo hincapié en su interés de trabajar en reportajes en general ambientalistas o de naturaleza meramente social; describió su historia como fotógrafo corresponsal y mandó las mejores fotografías que había tomado, una de ellas incluso había ganado el premio Pulitzer a la mejor fotografía, retrataba a un soldado herido a muerte, sangrando, desmembrado, pero sonriendo a la cámara. Pronto la revista *Reader's* le asignó fotografiar reportajes de todo tipo; la BBC no se quedó atrás y lo mandó incluso a trabajar con Jack Cousteau, era impresionante saber el tipo de gente con la que había tenido contacto Gerardo; describía a detalle la personalidad de las personas que iba conociendo e incluso anotaba los idiomas que iba aprendiendo. Él había crecido estudiando inglés, así que el inglés no fue un problema. Cuando viajó a Vietnam pudo aprender algo de vietnamita, cuando trabajó con Jack aprendió un poco de francés.

En sus diarios detallaba la vida cotidiana de aquellos lugares, describía y fotografiaba la comida típica, observaba la naturaleza del ser humano y de los animales; eso era lo que captaba con su cámara, sin embargo, Carlos notó que todas sus anotaciones, eran las anotaciones de un fotógrafo, no de un ser humano, es decir, descubrió que Gerardo observaba y aprendía, más no actuaba ni tomaba parte de los hechos; nunca hablaba de bellas mujeres que conoció, hablaba de bellas mujeres que captó con su lente; nunca hablaba de la familia que quería formar, hablaba de las familias que observaba. En el resto de los diarios era lo mismo: nada personal, ningún romance. Casi nunca estuvo en casa, por ello no necesitaba mudarse solo, Sus padres aceptaban su forma de vida y él ganaba muy bien, por lo que no les pedía nada. Gerardo incluso financiaba algunos de sus viajes, cuando quería captar algo de lo que había leído o escuchado.

Las únicas entradas personales las encontró, Carlos, en los diarios con numeración treinta y cinco y treinta y siete; eran sobre las muertes de su padre y madre respectivamente. Mencionó lo mucho que los amaba, lo poco que había convivido con ellos y lo tranquilos que ambos murieron. Su padre por causas naturales, a los setenta y nueve años y su madre dos años después, también de setenta y nueve, murió de tristeza, decía Gerardo, aunque el doctor dictaminó causas naturales. Ahí escribió sobre su plan de quemar las cosas, pues él un día moriría y no habría nadie que las conservara, por consecuencia se le hacía una falta de respeto que cosas personales de sus padres terminaran en manos de algún desconocido. En este punto y por tan solo un momento, Carlos se sintió aludido, más luego recordó que eso fue escrito años antes de que Carlos naciera.

Gerardo escribió sobre sus siguientes viajes y experiencias. Carlos llegó al diario número cuarenta y uno, cosa fácil si brincas muchos detalles y lees solamente las partes importantes; Carlos aprendió esto en un taller de lectura rápida. La entrada del día era la del año mil novecientos noventa y cinco; en ella, por primera vez, Gerardo escribió sobre Carlos, un niño vecino de apenas doce años que lo visitó, pues su madre le llevó un pastel por su cumpleaños. Gerardo ya vivía una vida más tranquila, aunque dejó de viajar demasiado, seguía tomando fotografías por gusto, aunque de pronto seguía vendiendo algunas imágenes. Describió a Carlos como un niño tranquilo, a su madre como una mujer hermosa y mencionó las fotografías que les tomó; Carlos ya no recordaba esa sesión, pero haciendo memoria recordó a Gerardo en su casa tomando fotos de un día normal en sus vidas, es decir, sin poses. A partir de esa entrada, Gerardo pocas veces escribía sobre sus pláticas con Carlos, tan solo en algunas ocasiones escribió qué, de no ser por este joven, él se sentiría completamente solo; que Carlos era cómo aquel hijo que nunca pensó siquiera en tener, ya que nunca tuvo tiempo de considerarlo.

Carlos comenzó a leer el diario número cincuenta y cuatro, el último, contenía unas sesenta entradas; en este diario, el corazón de Gerardo comenzó a quedar al descubierto. En sus palabras y en resumen decía -Soy Gerardo Villegas, fotógrafo, tengo setenta y cuatro años y este año cumplo setenta y cinco; he sido afortunado, pues mi sueño desde niño fue ser fotógrafo y he logrado vivir esa vida. Un día escribí que había descubierto que la vida a través de la lente era distinta a lo que las personas normalmente ven, yo capto el segundo, capto la vida en cuadros, aprecio el momento. Más a pesar de haber vivido mi sueño creo que nunca viví mi vida. Nunca pude ver a una mujer por más de un segundo, más allá de un momento; las veía a través de la lente. Sí, tuve algunas aventuras, más para mí siempre era una fotografía más, no me detuve a vivir ese momento, simplemente lo captaba y lo dejaba pasar. No sé ahora que es peor... ¿debí en algún punto dejar de soñar para empezar a vivir? o ¿debí tratar de lograr un balance entre ambas acciones? no lo sé, pues nunca vi la vida como Gerardo, siempre la vi como Gerardo Villegas el fotógrafo. Tuve amigos y los quise demasiado, más nunca pudieron estar cerca de mí debido a mis constantes viajes. Me perdí la graduación, la boda, los nacimientos y las muertes. En este punto repito que he sido afortunado, muy a mi manera y a través de la lente pude ver más que muchos. Presiento que este año será el último para mí, pues nada más quiero hacer, nada más quiero ver. Este año tomaré menos fotos y observaré las anteriores, recopilaré recuerdos y trataré de ver la vida como Gerardo, simplemente como Gerardo.

Llamaré a mis viejos amigos, dejaré todo en orden para mi partida"

Esto era lo que Gerardo plasmó en su último diario y la entrada más conmovedora fue la última, escrita un día antes de su muerte, fechada el sábado veinticuatro de febrero del año dos mil siete.

"Somos nada, somos fotografías, a veces de foto fija, a veces con vida. Recordamos breves lapsos de tiempo, breves instantáneas que nos dejan quizá un aroma, quizá un sentimiento, quizá ni siquiera eso.
Somos un momento, solo un momento. En segundos ves el ayer y añoras aquel viejo sentimiento, en segundos deseas volver a tomar lo que has dejado caer. Aquel camino abandonado, aquella sonrisa, aquel amor, aquel ayer."

Carlos lloró, esa fue la última noche de su amigo, ahora sí sabía quién había sido el viejo, ahora quizá ya no quería saber nada más sobre él. Se percató que eran casi las cinco de la mañana, guardó el diario con cuidado y guardó todas las cajas en un clóset del cuarto rojo. Prendió su celular y tenía cerca de siete mensajes de su novia y como cinco de sus padres, les llamó para pedirles una disculpa pues el tiempo se le fue sin percatarse; pero estaba bien; corrió a su casa y se acostó a dormir.

Unos minutos después se levantó, fue a su escritorio, sacó un cuaderno y escribió -Soy Carlos Juárez, fotógrafo y ser humano, tengo mucha suerte, pues estoy viviendo mi sueño de ser fotógrafo, más me acompaña la gente que amo. Tengo suerte de poder ver la vida a través de la lente, pero tengo más suerte de poder verla con mis propios ojos.

SEGUNDO SUEÑO
El relojero

-El tiempo es un asunto delicado, hay personas que dedican tanto tiempo pensando en él que terminan tirando a la basura su tiempo. Dicen que cuando sueñas, cada sueño dura solo segundos, pero en tu sueño pasan horas. Es por eso por lo que creo que el tiempo es más una percepción que una realidad ¿te has dado cuenta de que cuando estamos muy ocupados y tenemos mucho por hacer el tiempo no alcanza? Pero cuando estamos aburridos y desocupados el tiempo pasa lento y dura más de lo normal, quizá es porque le prestamos más atención -El relojero hablaba con Clara, pero Clara no lo conocía y tenía el presentimiento que estaba algo loco o fuera de sí, que parecía que estaba hablando consigo mismo. A ella le incomodaban este tipo de situaciones y no sabía si responderle o quedarse callada.

-Sí, tiene razón, señor ¿cree que tarde mucho en cambiarle la pila a mi reloj? -Llevaba en esa relojería no más de cinco minutos y ya quería correr, juró nunca regresar ahí; de todas las relojerías del centro tenía que escoger aquella, si la calle estaba llena de opciones.

- ¿Ves a lo que me refiero, jovencita? No ves que el arreglo de tu reloj es importante, tan importante que no importa lo que me tarde, porque lo estoy haciendo con el cuidado que todo reloj merece -Clara prefirió no darle más de qué hablar.

-Sí señor, tiene razón.

Después de quince minutos el reloj estuvo listo.

-Aquí tiene: pila cambiada y una limpieza que buena falta le hacía -Ella observó su reloj.

-Señor, yo solo le pedí el cambio de pila, pero bueno, dígame ¿cuánto va a ser por ambas cosas? -su tono fue irónico, le molestó tener que pagar por un servicio que no solicitó.

-Señorita, no se equivoque, lo limpié porque no puedo dejar un reloj sucio, pero solo le cobraré la pila.

Clara se sintió algo apenada y salió de ahí, aunque quería que el señor aquel dejara de hablar, sus palabras se quedaron en su pensamiento y ella les daba vueltas y vueltas; al final, el relojero dijo algo que, aunque era muy trillado, era verdad. Quizá algunos le dan mucho interés al tiempo, mientras que otros ni siquiera piensan en él.

El relojero vio a la señorita alejarse, él se sentía satisfecho de que saliera de su tienda un cliente más y satisfecho, a pesar de no saber ni su nombre, pero eso se debía a que últimamente la gente parecía siempre estar de prisa, siempre molesta, siempre encuentran algo de que quejarse, si uno les da un servicio extra se molestan por no haberlo pedido, cuando ni siquiera saben si se les cobrará o no.

El llevaba cuarenta años como relojero, inició a los quince años como aprendiz de su padre, quien fuera el dueño de ese mismo local en el centro desde hacía ahora setenta años; justo lo inauguró en el año mil novecientos treinta y siete, en la época en la que la gente aún apreciaba el tiempo y caminaba por la hermosa Ciudad de México. Cuando no temían ser asaltados; entonces el zócalo era un lugar de paseo familiar.

Su padre tenía clientes fijos, que le llevaban relojes costosos. Ese tipo de clientes duró hasta entrados los años sesenta; justo en esa época hubo cambios, que valga la redundancia, cambiaron todo. La gente empezó a pensar en todo menos en disfrutar la vida, se aceleraron las economías del mundo, crecieron los países, creció la población. De pronto el mundo fue otro. Ahora la gente apenas se saluda incluso conociéndose; los jóvenes pasan frente a su tienda usando ropa tan estrafalaria que él llegaba a asustarse con algunos; sus clientes se volvieron personas que le traían relojes chinos solo para cambio de pila y era raro el cliente que aún tenía un buen reloj que además cuidara. Un cliente de ese tipo, que el relojero tanto apreciaba, era el Señor Alejandro Cuevas, un señor que habría de tener más o menos su misma edad; era Licenciado en Derecho y dueño de su propio despacho. Un señor con clase y con relojes buenos que además cuidaba. El Licenciado Cuevas decía que el tiempo era algo precioso. Siempre llegaba a la misma hora del sábado cada segunda semana, entraba a la tienda a las tres en punto, ni un minuto antes ni un minuto después, porque a él le gustaba ser puntual.

-Buenos días, Don Javier ¿cómo le ha ido? -Preguntaba el Licenciado de manera elegante y formal.

-Muy bien, Licenciado, dígame ¿usted qué tal ha estado? - Era casi rutina, sin embargo, el relojero añoraba aquellos tiempos en los que la formalidad y la elegancia eran parte de la vida diaria.

-No me quejo, ya sabe, trabajando como siempre, algunos casos buenos y otros que llevo más por humanidad que por negocio; apenas me tocó el caso de una señora muy joven que quería divorciarse, en nuestros tiempos habían menos divorcios que ahora, lamentablemente ella tenía la razón, fueron padres jóvenes y mientras ella se dedicó a cuidar del niño, el joven ha estado de fiesta y viviendo su vida como soltero; pero eso pasa porque se animan a hacer cosas que no deben sin antes casarse - Un punto más que extrañaba el relojero, los valores morales.

-Sí, es la historia de estos tiempos, las niñas salen embarazadas, pero está bien, porque fue por amor; el joven no responde, pero está bien, porque es muy joven. Con suerte se casarán, pero se requiere más que suerte para mantener un matrimonio. Esta sociedad cada vez enseña menos valores morales y más sobre libertinaje -En el momento en que él mencionaba esto, una pareja joven iba entrando al local, ellos se le quedaron viendo al relojero con esos ojos burlones de los jóvenes de hoy, quienes piensan que los viejos son unos tontos y hablan sin razón, juzgándolos como demasiado conservadores.

-Muy buenas tardes ¿en que los puedo ayudar? -Los jóvenes lo vieron con recelo.

-Buscamos un reloj que no sea muy caro, pero que funcione bien, es para ella -El relojero vio la muñeca de la chica y empezó a buscar algunos modelos de valor medio.

-Tenemos estos que son buenos y baratos, como pueden ver, este es muy elegante y combina con el estilo de la joven y con cualquier otro estilo; puede usarse en ocasiones formales -El joven lo agarró para medirlo en la muñeca de su novia e interrumpiendo al relojero decidió comprarlo.

-Me lo llevo ¿cuánto va a ser? -Devolvió el reloj al relojero para que lo pusiera en su estuche.

-Trescientos pesos, le recomiendo que lo traiga al menos cada dos meses a servicio, de lo contrario los relojes se deterioran -Le extendió la nota, el joven sacó el dinero, pagó en silencio y salió sin ni siquiera dar las gracias.

-De lo que hablábamos, Don Javier, estos jóvenes creen que con trescientos pesos uno debe agacharse, pero usted todavía intentó ser amable.

Javier no quiso ni contestar, lo habían tratado peor y no siempre jóvenes; mucha gente no sabe apreciar un buen servicio donde ambas partes ganan, pero entre mucha gente, siempre había alguien como el Licenciado o como la señorita que lo visitaba cada mes: una joven de unos veintitantos pegándole a los treinta, soltera por lo que le había contado.

-La verdad no sé si quiera casarme Don Javier, los hombres de mi edad ya no son hombres, con eso de la igualdad y la metrosexualidad abusan; ya no quieren pagar nada, no quieren abrir la puerta, ya no nos tratan como damas y la igualdad no iba por ese lado, se trataba de que tuviéramos derecho a decidir, a trabajar y a ganar igual, pero no de que los hombres dejaran de hacer su parte. Dígame si no, físicamente el hombre es más fuerte que la mujer y como la naturaleza lo indica deberían protegernos, cuidarnos; deberían sentir la necesidad de dar por amor, por moral, por valores, pero no, deciden no hacerlo -Ella hablaba sin parar, pero igualmente escuchaba la opinión del relojero cuando era su turno de hablar.

-La entiendo, pero también vea a las jovencitas, se tratan a sí mismas sin respeto; por querer igualdad ahora actúan peor que los hombres, por aquí pasa una un día con un novio y al siguiente con otro y no les importa. Creo que eso también influye mucho en el trato que están recibiendo. Aunque, sin duda,

concuerdo contigo, ahora los hombres parecen homosexuales en su forma de vestir, ya casi ninguno tiene el porte de hombre que se debe tener, además están tan flacos y escuálidos que parecen enfermos
-ambos rieron a carcajadas.
-Bueno, Don Javier, como siempre fue un placer escucharlo; mire, aquí le dejo este reloj, es chino, pero me ha salido bueno ¿le puede dar servicio por favor? paso por él después
-Don Javier, con cuidado, tomó el reloj, lo colocó en una bolsita en la que también metió copia de la nota que hizo rápidamente y extendió el original a la señorita.
-Aquí tienes, hija, estará listo en dos días y por favor, el placer de saludarte es mío -Le dio la mano, gustoso y él mismo vio el reloj, eran las seis de la tarde y era hora de cerrar el local para reparar relojes y darles servicio.

Sacó del cajón los relojes que tenía pendientes para darles servicio, los acomodó en una mesita por fecha de recepción, tomó el que tenía dos días de haber recibido y no había podido darle mantenimiento, seguramente el dueño vendría al día siguiente. Llevó el reloj a su mesa de trabajo en la que tenía sus herramientas: palitos de boj, punzonera, rodico, tornillería, cepillo, martillo, aceitadores y otras herramientas. Con sumo cuidado empezó a desmontarlo, con cuidado sacó la tija, quitó las agujas, la esfera, después el cañón de minutos, la rueda segunda reductora, destensó el muelle real, el volante, los puentes y el barrilete, una vez separado lo colocó en una pequeña bandeja para preparar las piezas para el lavado. Una vez lavadas, procedió con mucho cuidado al armado, quizá suena rápido pero el solo proceso de desarmado le llevaba cerca de diez minutos, el lavado minucioso de las piezas otros cinco minutos, la parte más difícil era ensamblar las piezas nuevamente, pues de colocar una sola pieza mal, el reloj nunca volvería a funcionar igual, así que eso llevaba cerca de quince minutos. Una vez ensamblado había que darle cuerda, revisar que funcionara bien y ponerlo a la hora, siempre revisaba la vida de la pila y si veía que estaba algo gastada, sin cargo extra la cambiaba. Terminó con el primer reloj, lo guardó en la bolsa y lo llevó al cajón del mostrador donde tenía los relojes que estaban listos para entregar. Muchos relojeros simplemente los apilaban, pero él no, una vez listos él los colocaba en pequeñas bandejas individuales para evitar que se dañasen.

Regresó a la parte trasera del local del taller y tomó el reloj que seguía; éste, era un reloj inglés de bolsillo, la técnica para abrirlo era un poco diferente, sacó una pequeña uña para levantar la tapa y el bisel, presionó con la uña el pequeño botón que se encontraba justo abajo del seis, donde siempre lo tienen este tipo de relojes, retiró suavemente la esfera con un pequeño tirón, con esto, las agujas quedan desprotegidas así que, con mucho cuidado, volteó el reloj esfera abajo para retirar el guardapolvo, empujó una pieza de acero y desplazó el guardapolvo, de esta manera la maquinaria quedó a la vista, en todo su esplendor, siempre que trabajaba con este tipo de relojes hacía una breve pausa para observar la hermosa y perfecta maquinaria del reloj, sus engranajes perfectamente unidos, marcando los segundos de nuestras vidas, suspiró y continuó su trabajo. Sacó un pequeño pincel y con cuidado empezó a limpiar el reloj, una vez terminado, cerró aquella belleza y fue a guardarla al cajón de entregas.

Continuó con el proceso de los relojes, dio mantenimiento a unos cinco más, por fin terminó, eran las nueve de la noche, guardó los relojes que quedaron pendientes, afortunadamente no eran más de tres del día de hoy, por lo que al día siguiente podría arreglar dos que le dejaron para reparación; uno era un hermoso reloj de pared, el otro era un reloj de marca con diamantes incrustados.

Después de limpiar y acomodar su herramienta de trabajo apagó las luces del taller, verificó que en la tienda todos los relojes de exhibición para venta estuvieran a la hora exacta, sacó el dinero de la caja dejando únicamente algo de cambio, abrió un pequeño portafolios donde guardó las notas del día y el dinero,

SUEÑOS DESCONOCIDOS

cerró con llave la caja al igual que todas las vitrinas. Tomó su saco, su sombrero y su portafolio, caminó a la puerta, salió del local, cerró con llave, bajó la cortina metálica y cerró los candados. Había terminado su día de trabajo, él iba silbando por la calle caminando hasta el estacionamiento donde dejaba su auto, era un modelo del año noventa, no había tenido necesidad de cambiarlo pues éste estaba en buenas condiciones y funcionaba muy bien.

-Buenas, Don Javier ¿ya terminó? -Le preguntó el joven que trabajaba en aquel estacionamiento, normalmente conocían a los que tenían pensión con ellos, pero Don Javier era su cliente favorito, pues tenía un aire a Don de principios de siglo que le parecía muy divertido.
-Así es, ya terminamos por hoy y dime ¿quedó bien tu reloj?
-El joven volteó a ver su muñeca.
- ¡Uy! Sí mi Don, quedó muy bien, muchas gracias -El joven fue por el auto de Don Javier, quien al subir y arrancar la marcha quería sintonizar las noticias, pero al prender la radio sonó el volumen altísimo de una estación de música de banda que lo asustó a pesar de que él ya sabía que siempre era lo mismo. Le bajó al volumen y sintonizó el reporte de tránsito, lo de siempre en la ciudad: choques, tráfico intenso, nada nuevo; él vivía en la Colonia Juárez, que realmente no quedaba lejos del centro, así que alrededor de las nueve y media de la noche entró a su casa.
-Hola viejo, ¿cómo te fue hoy? -Lo saludó su esposa con un beso en la mejilla.
-Te preparé unas enchiladas potosinas para cenar ¿se te antojan? -El dejó su sombrero y su saco en el perchero que tenía en el recibidor de su casa, caminó hacía la cocina donde había un pequeño desayunador y se sentó.
-Si vieja, sírvemelas, gracias -Viendo a su mujer preparando las cosas para servir la cena, se supo afortunado, llevaban treinta años de casados, tuvieron tres hijos que ya todos estaban casados y con carrera, de hecho, tenía dos pequeñas nietas;

sus hijos a pesar de ser jóvenes y modernos los respetaban y sobre todo los amaban; el relojero no había perdido el tiempo, además siempre había amado su trabajo, su familia; nunca había deseado nada más de lo que tenía.

-Vieja, gracias -La mujer volteó con el plato en la mano y avanzó hacia él.

-Ya me dijiste gracias, además solo son unas enchiladas -Él sonrió y tomó su mano.

-No me refería a eso, gracias por estar a mi lado todos estos años -Su mujer acarició la mano de su esposo, pensando en la suerte que tenía de haberse casado con él, nunca había fallado como marido, siempre le fue fiel y la trató con respeto.

-Gracias a ti viejo, te quiero mucho, ahora cena que se te enfría -Se levantó de la mesa para seguir limpiando y arreglando la cocina mientras le contaba de la visita de sus nietas y los hijos, de las cosas del día y al terminar de cenar, de la mano y bromeando se levantaron para irse a dormir.

Ya en su cama, Don Javier, el relojero, empezó a concentrarse en el tic tac del reloj de piso que tenían en la sala, eso siempre lo ayudaba a dormir.

Pronto estaba soñando, en su sueño él estaba dentro del reloj de piso, él era la maquinaria, gracias a él funcionaba y su corazón era el péndulo; en forma de reloj comenzó a caminar por la calle, la gente a su alrededor lo veía y exclamaba -Mira ese viejo reloj, ya no funciona bien.

El trataba de hablar, pero solo podía decir tic tac, tic tac.

-Ese reloj está pasado de moda, deberían de romperlo, a ese y a todos los relojes de ese tipo -Él seguía diciendo tic tac; entonces, desesperado corrió a su local, entró y estaba rodeado de personas, en vez de relojes en su tienda había personas pequeñas, medianas, grandes; personas de pared, personas de pulso y de cuerda; personas que abrían la boca y dejaban asomar un ave y las personas hablaban, hablaban entre sí -¿Supiste que el tiempo ya se va acabar? ahora el tiempo ya no es importante, solo nosotros somos importantes.

Él quería preguntarles de que hablaban, más de sus agujas solo salía el sonido tic tac.

-Sí, he escuchado eso, que no está de moda y que lo van a prohibir, ahora no tendremos que cuidarlo, ni siquiera preocuparnos por él.

Desesperado, Javier, el relojero decidió quedarse quieto y tratar de darle al tic tac un sentido, para que las personas que estaban ahí, esas personas de pared, de bolsillo, todas lo entendieran. Entonces tomó el tic y lo juntó con el tac, con mucho cuidado agregó otro tic y después otro tac, entonces las personas comenzaron a escuchar.

- ¿Qué dice? El tiempo está intentando hablar -Él siguió en su esfuerzo y pronto todos lo entendían a la perfección.

-El tiempo no puede acabar, cada segundo da paso a un segundo más. No se trata de preocuparse de él, tampoco de restarle importancia; su tiempo, mi tiempo, lo decidirán, lo decidiré yo. Estas épocas, estas eras, no son más que el resultado de la época anterior. Un día se acaba, pero nace otro más. El tiempo seguirá, los que nos iremos seremos nosotros, pero otros llegarán y solo el tiempo perdurará -se escucharon el último tic y tac, de pronto todo volvió a la normalidad, el relojero era el relojero y los relojes hacían tic tac.

TERCER SUEÑO
La Veterinaria

Transcurría un día más en la Ciudad, un día en el que Carolina se levantaba alrededor de las seis de la mañana, preparaba el desayuno para su familia y llevaba a su hija a la escuela acompañada de su perra, una hermosa Labrador llamada Runa, una vez de vuelta en casa se arreglaba y partía hacia su consultorio, un día más para salvar la vida de muchos animales.

Sus días siempre eran entretenidos, unos cuantos clientes para cortes de pelo y baño, las típicas emergencias que nunca faltan: un perro con un extraño cuadro de dermatitis por contacto, un gato con heridas de peleas por territorio, sin embargo, los casos que más le dolían y ante los que no siempre sabía cómo reaccionar, eran los cuadros por descuido, por abandono, por abuso animal.
-Pero por eso te pusieron en mi camino, yo te voy a ayudar
-con cariño y cuidado trataba a aquellos animales -Deben ser más cuidadosos con sus mascotas, ellos sienten el dolor igual que nosotros, no creo que usted pudiese permitir que alguno de sus hijos llegara de esta manera al doctor, si no puede con el animalito avíseme y con gusto le buscamos otra casa -por ese tipo de comentarios perdió muchos clientes, más no sabía qué hacer, era ridículo que en México aún no existiera un departamento que se dedique a la educación para el trato ético hacia los animales, para la sensibilización hacia sus necesidades y de la realidad de su importancia como especies en coexistencia con la nuestra.

Alrededor de las doce y media de la tarde salía a recoger a su hija al Colegio, Mariana tenía ya quince años, era toda una señorita con muy buenas calificaciones y muy buena hija; constantemente alababan su educación y buenos sentimientos; ya con ella iban a casa a comer, Mariana se cambiaba y Carolina la llevaba con ella a su consultorio, donde Mariana hacía su tarea.
Si no había más emergencias ni casos abiertos, a las seis de la

tarde cerraban la veterinaria y partían a casa, donde ya esperaba Adrián, el esposo de Carolina, quien llegaba del trabajo casi a la misma hora, cenaban juntos, platicaban, compartían en familia y una vez que Mariana se había dormido Adrián y Carolina compartían sus experiencias del día.

Carolina no podía creer que pudiera ser más feliz, había estudiado la carrera de sus sueños, gracias a ella podía ayudar a los animales y desde que era pequeña esa era su única intención. Sus buenas calificaciones en la escuela y el apoyo constante de sus padres la ayudaron a cumplir todos y cada uno de sus sueños.

Por supuesto podía recordar los errores cometidos, los momentos de tristeza; por ejemplo, cuando se murió su primer hijo o cuando cayó enferma su abuela y hubo problemas con algunos tíos por la herencia, también recordó la época de la universidad, cuando por falta de recursos económicos tuvo que desvelarse trabajando los fines de semana en un bar cercano a su casa para sacar dinero extra y poder continuar con sus estudios. Recordó también aquel amor perdido en la adolescencia que le hizo perder el alma y la fe por un par de años, pero mayormente recordaba cómo logró brincar esos obstáculos y lograr sus metas, esa era Carolina, una mujer fuerte y exitosa, pero sobre todo muy feliz.

Con esa imagen en su mente se iba todos los días a dormir, dormía con calma y con paz.

Un día Carolina despertó y notó algo diferente, estaba en su casa y en su cama, con su esposo a un lado, pero algo era diferente, lo podía percibir.

-Buenos días preciosas -Un beso en la mejilla y a despertar a Mariana.
-Nena arriba, hay que ir a la escuela -a pesar de la edad de su hija no podía dejar de tratarla como una bebé.
- ¿Qué quieres desayunar? -Iba camino al baño cuando Mariana contestó.

- ¿Desayunar? No tenemos tiempo, má ¿o no planeas ir hoy al trabajo? -Mariana veía a su mamá con cara de extrañeza, hace años el desayuno era tan solo un licuado y adiós, el trabajo absorbente de Carolina no permitía tiempo de desayunos con calma.

En ese momento Carolina se dio cuenta que definitivamente algo estaba mal, en su mente no había un consultorio veterinario que abrir; sí, su hija era maravillosa y sí, su esposo la amaba, pero ella tenía un trabajo absorbente en una oficina de las ocho y media a la hora que al jefe se le ocurriera dejar de pedirle cosas; no era veterinaria, no había podido acabar la carrera, era una empleada del sector privado con un horario que cumplir que no tenía un auto y se movía en transporte público, la imagen que se presentaba en la mente de Carolina era por un momento insoportable, se metió al baño, se sentó y trató en segundos de recapitular su vida.

-Soy Carolina, tengo treinta y dos años, nací en la Ciudad de México el tres de Marzo de mil novecientos setenta y cuatro, mi madre es Alejandra Carrillo y es ama de casa, mi padre... mi padre nos dejó cuando yo tenía solo cinco años y nunca volví a saber de él, pues era un alcohólico que nos hacía más daño que bien, fui a la escuela y me iba bien, quería estudiar veterinaria desde que tengo recuerdos, llegué a estudiar la... parte de la preparatoria, pues me enamoré de Elías y salí embarazada a los dieciséis años, me casé, no me fue bien, me divorcié -En ese momento sus ojos se llenaron de lágrimas -desde entonces he trabajado para sacar adelante a mi hija Mariana, he subido de puestos y ganado cada vez más, hoy tengo un puesto ejecutivo, en una buena empresa, soy una empleada clave, con un muy buen sueldo, más apenas estoy ahorrando para mi carro, me ha costado mucho trabajo lo que tengo y aunque en lo familiar soy feliz, como profesionista no lo soy, pues no estoy haciendo lo que quiero, soy Carolina y tuve un sueño o estoy soñando -Aún no podía creerlo, pero tenía que salir del baño, pues fuera cual fuera su realidad había una niña fuera del baño esperando para entrar y eso no era un sueño, Mariana era real.

Terminó de arreglarse, llevó a Mariana a la escuela, subió al transporte en dirección a su oficina, recorrió el trayecto en una hora y media, el tráfico a esa hora era demasiado y en carro hubiese hecho solo cuarenta minutos y sin tráfico máximo veinte, pero esta es la Ciudad de México y ese era el tiempo usual en recorrer el trayecto y cambiar tres veces de ruta.

Todo el camino fue pensando sin poder entender aún que había pasado, ayer su vida era otra, era perfecta, tanto que no podía creerlo y hoy, hoy, era buena, pero no era su vida, no era la vida que había planeado.

Miraba hacia afuera, sin poner atención a lo que veía, en su mente recordaba esa imagen vívida de su consultorio, de su día perfecto, el olor a animales y la audacia con la que los abría en la cirugía, convencida que los salvaría; incluso podía recordar el sabor salado de sus lágrimas cuando alguno de sus pacientes moría. Inmediatamente después recordó perfectamente la imagen de su vida esa mañana, de lo pasado, del dolor de no poder mantener un matrimonio que creyó, aunque fuera por un breve momento, que funcionaría, la soledad que sintió cuando Mariana enfermaba y ella estaba sola y a veces sin dinero, recordó el apoyo de su madre en ambas vidas, todo parecía real, entonces ¿cuál era el sueño y cuál era la realidad?

Llegó a la oficina y como de costumbre se sirvió un café, saludo a su jefe, el cual la apreciaba mucho, pues era una empleada responsable y comprometida, saludó a los compañeros con un poco de pláticas insignificantes.

- ¿Cómo te fue el fin de semana? Espero que hayas descansado -plática de pasillos, documentos que revisar, abrió su computadora y se sentó a trabajar, pero ese día no tenía la chispa habitual, simplemente se había sentado a sacar el trabajo, como robot, deseando que acabara el día, deseando que acabara ese sueño o que hubiese algo que le hiciera entender qué estaba sucediendo.

Al medio día no tenía hambre, así que salió a caminar y se encontró, a una calle de su oficina, con un anuncio que indicaba en grande el consultorio de un psicólogo, sabía que no estaba perdiendo la cordura, pero definitivamente algo estaba mal, además siempre había creído que si desde niños, el cien por ciento de los humanos tuviéramos al menos una hora de terapia semanal, habrían menos asesinatos, suicidios y problemas en el mundo, así que entró y pidió una consulta urgente para esa tarde a las seis.

Cuando regresó a la oficina se encontró a la secretaria platicando con la recepcionista y ambas callaron al momento de verla entrar.
-No te vimos en el comedor ¿comiste fuera? -Le preguntó Graciela, la secretaria.
-No comí, no tenía hambre -Contestó con indiferencia.
- ¿Estás bien? Si hay algo en lo que pueda ayudarte solo dime -Graciela era una persona muy amable y sincera, habían logrado cierta amistad con la convivencia diaria.
-Tengo algunos problemas, pero nada grave, ya te contaré después -Fue a su lugar de trabajo y se perdió en un mundo de correos electrónicos y pendientes por sacar, llamadas telefónicas y finalmente dieron las cinco y media, su hora normal de salida, preparó sus cosas y salió corriendo de ahí sin avisarle a nadie, pues no quería que la detuvieran con algo "urgente que solucionar".

Se sentía tan rara en ese momento, ella siempre estuvo en contra de disfrazarse para trabajar, de dejar la vida personal por hacer cosas que podían hacerse al día siguiente, cosa que en el mundo ejecutivo no comprenden; en ese mundo tener un infarto a los cuarenta años por exceso de trabajo y estrés era normal e incluso bueno- Sencillamente no era su elemento, pero ahí estaba y era parte de eso, caminó sin darse cuenta de que lo hacía hasta que llegó al consultorio del doctor.

-Buenas tardes, tengo una cita con el doctor ¿cuál me dijo que era su nombre? -Ni siquiera había anotado ese dato, lo que a ella le urgía era hablar con alguien imparcial que lograse darle quizá una respuesta lógica a lo que le sucedía.

-Es el doctor Manuel Rivera -contestó la recepcionista, con esa sonrisa irónica, típica de las personas que están en atención de clientes y odian atender a la gente -pase, ya la espera.

Cuando entró al consultorio no sabía por dónde empezar o como exponer su caso, estaba nerviosa y demasiado alterada, vio al doctor de unos cuarenta y tantos años frente a ella, era un hombre moreno y aunque estaba sentado se veía su altura, su rostro le era extrañamente familiar, pero el nombre no, se sintió a gusto en ese lugar, en ese momento; el doctor la invitó a sentarse en una cómoda silla con descansa brazos que se ubicaba justo frente a él.

-Dime, es la primera vez que vienes ¿verdad? de lo contrario me acordaría de ti, necesito que me ayudes a llenar rápido tu historia clínica para que entonces iniciemos la consulta y no te preocupes la hora cuenta a partir de que empecemos a charlar ¿edad? -Se inició el típico interrogatorio clínico, hijos, historia de enfermedades; detalles que a ella le parecían irrelevantes en ese momento y que además no sabía si dar los datos de esta vida o de la otra, pero ya que estaba en esto dio los de su vida actual.

-Bueno eso es todo, ahora dime ¿Por qué quieres ver a un psicólogo? veo que tuviste algunos problemas de los doce a los veintidós y estuviste en terapia ¿es algo de eso lo que está molestándote? -Sonrió y simplemente esperó a que hablara.

-Es curioso que nos acostumbremos tanto a las cosas, es decir, usted me hace preguntas tan sencillas y que, además son sencillas

de contestar, puedo recordar todo lo que he vivido como si fuera una película ajena a mí, pero con una naturalidad que me hace dudar que aquel viejo dolor realmente haya dolido, pues ya pasó, ya no duele, solo recuerdo que dolió; hoy en la mañana que estaba tendiendo la cama, lo hice sin ni siquiera pensarlo, no lo razoné, fue como un instinto, ya me acostumbré a tenderla todos los días; hoy mi día fue así, fue un día en el que hice innumerables cosas, pero todas las hice ya sin razonar, porque ya me acostumbré, es curioso -las lágrimas empezaron a rodar por su mejilla -ayer, tenía otra vida, era otra persona, me dormí y hoy que me desperté todo era diferente- No, no han regresado mis problemas anteriores, vengo porque no sé ya si esos problemas existieron o sí la vida que juro que ayer tenía, es un sueño o la que hoy tengo lo sea, no sé. Sé quién soy, sé quién es mi hija, mi esposo, mi madre, es más, en ambas vidas tengo los mismos amigos, pero no sé quién soy yo o que soy, por eso vengo, porque estoy perdida y confundida. Y si salgo de aquí sin saber que pasa yo seguiré con esta vida o con la de mañana si es que mañana cambia, pero no sé qué tanto dure la cordura si se vive así.
-Carolina ¿te molesta si te hablo de tú? -La veía estupefacto, hace muchos años no tenía un caso interesante, principalmente todos eran casos de estrés, depresión post relación amorosa: tonterías; gente que se empeña en ser infeliz cuando realmente tiene mucho para no serlo, pero este caso era diferente y ahora era un reto para él ayudar a esta mujer, que estaba frente a él, a saber qué pasaba y cuál era su vida -Vamos a hacer algo, platícame de tu vida de hoy, platícame quien es Carolina hoy, tu vida, tus momentos importantes, tus aciertos, tus tristezas y tus alegrías, después hablamos de la otra vida que mencionas.

Pasó más de una hora en la que Carolina le contó casi a detalle su vida al doctor, mencionó lo importante, lo vano, momentos divertidos; en su relato Carolina se rio al acordarse de algunas cosas y lloró al acordarse de otras, en general su vida, aunque difícil, había resultado buena; muchas personas quisieran su suerte, Así lo veía ella y así lo creyó el doctor, finalmente llegó hoy, al momento en el que se despertó de aquel sueño, no detalló el sueño, solo el sentimiento del día de hoy y su día.

-Y así llegué aquí y le he contado mi vida, esta vida -Manuel no podía creer que esa mujer, que sonaba tan segura de sí misma, tuviera un desorden que la llevase a confundir su realidad, aun así, algo en la mirada de ella le indicaba que era verdad lo que le había dicho en un inicio.

-Bueno, vamos bien, muy bien, entonces en general te sientes bien con tu vida -Fue más una aseveración que una pregunta.

-Digamos que agradezco lo que tengo y que a pesar de haber vivido las cosas que viví y los problemas qué tuve, hoy estoy aquí, estoy viva y bien; tengo una hermosa familia

¿qué más se puede pedir? – Miró a los ojos a Manuel y prácticamente lo retó a preguntarle por su otra vida.

-Ahora cuéntame de aquella vida de ayer.

Nuevamente Carolina le contó de su nacimiento, en esta ocasión el trayecto al día de hoy era muy diferente, más tuvo sus respectivas risas y lágrimas, la diferencia era el hoy, la realización de algunas metas versus la no realización de las mismas, pero todo fue igual de real, de constante, tan lleno de detalles que era difícil distinguir si enfrente de él había una veterinaria o una empleada; esto sorprendió mucho a Manuel, pues en los casos de doble personalidad o de divagación emocional, siempre una historia era más bien inconsistente, llena de espacios en blanco, de hilos que no se unían, de forma que se podía separar rápidamente la fantasía de la realidad. Cuando Carolina acabó su relato, llegando al día de ayer en el momento de dormir las lágrimas corrieron nuevamente por sus mejillas, miró el reloj y comprobó que llevaban más de dos horas platicando.

-El tiempo se fue rápido y ahora le debo dos consultas, creo que mejor regreso mañana pues aún debo ir hasta el Norte de la ciudad -Manuel se levantó para despedirla, no podía obligarla a quedarse, aunque se moría de ganas de hacerlo, tenía que saber que estaba pasando por la mente de aquella mujer.

-Háblame de tú por favor y no te preocupes, solo pagarás una sesión, que te parece si mañana nos vemos a la misma hora y hacemos una hipnosis regresiva, estoy seguro de que, de esa manera sabremos cual es el problema y cuál es la realidad, por lo pronto te pido que no te desesperes, ve lo bueno que tienes hoy, vive mañana como si fuera el último día de esta vida y despreocúpate, que todo tiene solución.

Carolina salió del consultorio del doctor convencida de que lograría al día siguiente saber lo que pasaba, en el trayecto a casa ella llamó a su esposo para avisar que ya iba para allá, no quería contarle nada ni a su esposo ni a su hija, pues no quería que se preocuparan por algo que quizá no tenía mucho sentido.

Llegó a casa alrededor de las nueve de la noche, cenó con su familia, platicó con Mariana de la escuela, la abrazó mucho y cuando la arropó en la noche la besó en la frente.
-Afortunadamente te tengo, sea cual sea mi vida, te tengo y eso no lo cambio por nada, buenas noches princesa -Apagó las luces y cerró la puerta tras de sí, su esposo estaba en la computadora revisando unos asuntos de la oficina, pronto la alcanzó en la cama y la abrazó.
- ¿Todo bien preciosa? No te veo muy contenta hoy y casi siempre hablas sin parar -Carolina acarició la cara de Adrián suavemente y empezó a llorar.
-A veces no puedo creer que te haya conocido, dime ¿Cuáles son las probabilidades de que alguien conozca al amor de su vida tan fácilmente y permanezcan juntos por siempre? -Él limpió las lágrimas de su esposa, estaba acostumbrado a sus cambios de ánimo, pues ella era algo voluble.
-No muchas, pero afortunadamente nos tenemos y siempre estaremos juntos, eso tenlo por seguro ¿de verdad no hay nada que quieras contarme? -Carolina simplemente lo besó y cerró los ojos para dormir.

Fue una noche larga, no durmió mucho, en su mente se mezclaban los recuerdos de ambas vidas, pudo dormir cuando recordó la promesa del doctor de conseguir una respuesta con la hipnosis.

Al día siguiente se levantó con mejor ánimo, tomó su día como se lo pidió el doctor, como si fuese el último de esa vida, llevó con gusto a su hija a la escuela y disfrutó el trayecto a su trabajo, observando a detalle el camino: los anuncios, los vendedores ambulantes, la gente que subía y bajaba del camión. Llegó a la oficina y trabajó como normalmente lo hacía: de buenas, pla-

ticando con sus compañeros, disfrutando el tener el poder de solucionar problemas.

El día pasó rápido, pronto serían las cinco y media, caminó a la oficina de su jefe para avisarle que saldría temprano pues tenía cita con el doctor.

-No te puedes ir, tenemos que sacar con urgencia el asunto de Colombia -Carolina olvidó todo aquello de vivir ese día como si fuese el último o más bien, lo recordó tan bien que decidió actuar como si en verdad lo fuese y mañana no tuviera que regresar a esa oficina.

- ¿Sabes qué? Llevó aquí años matándome, saliendo tarde por razones que encuentro ilógicas y todo para darle gusto a mi jefe en turno, en este caso tú; quiero que sepas que tengo un problema grave de salud y mi cita no es ningún juego, mi vida está de por medio y aunque no me des permiso me voy a ir. Si no estás de acuerdo lo siento mucho, pero a las cinco y media en punto me voy -Salió más que enojada, aliviada; había sacado de su pecho toda esa molestia de haberse perdido eventos en la escuela de su hija, de haber llegado tarde a compromisos personales, todo por el trabajo. Sí, ganaba bien, pero se trataba de trabajar para vivir bien, no de vivir para trabajar, así que convencida de estar en lo correcto regresó a su lugar y empezó a arreglar sus cosas para irse, eran las cinco y veinte cuando la secretaria le pidió que fuera a la oficina del jefe.

-Dime, Juan Carlos -entró y con solo ver la cara de su jefe supo de lo que se trataba.

-Cierra la puerta, por favor -Cuando hubo cerrado la puerta se sentó frente a él.

-En verdad tengo que irme, disculpa por haberme molestado, pero siempre doy todo y por un día que pido algo me siento la peor empleada de la oficina -Su jefe sonrió.

-No eres la peor empleada, de hecho, eres una de las mejores y un simple "no me puedo quedar" sería suficiente, pero preferiste enojarte; se honesta, nunca te ha gustado tu trabajo ¿verdad? sé que te esfuerzas, lo haces bien y con gusto, pero no es lo tuyo, lo puedo percibir, parte de mi obligación como jefe, no es solo liderar al equipo sino conocerlo, te conozco Carolina y esto no es lo que te gusta hacer -No sabía que contestar, lo pensó muy bien antes de darle la razón.

- ¿Sabes que no me hace feliz? Acostumbrarme a la idea de no realizar mis sueños, sé que emplearme y trabajar para mantener a mi hija durante estos quince años fue lo correcto, pero en este momento mi persona, mi alma, me están pasando la factura y créeme que viene alta. No es que no me guste, de hecho, me gusta lo que hago, pero no me satisface. Ahora, si me permites, podemos platicar mañana, en verdad tengo que irme -Se dirigió a la puerta y cuando estaba a punto de girar la perilla Juan Carlos la detuvo.

-Te voy a dejar ir Carolina, pero te voy a finiquitar, te apreciamos demasiado como empleada y como persona, no puedo conservarte pues tarde o temprano será dañino para ambas partes que sigas aquí. Te recomiendo que decidas que quieres, con tu sueldo y tu antigüedad tendrás un buen finiquito para iniciar algo que te llene más.

Carolina no lo podía creer, abrazó a su jefe y le confirmó que iría mañana para cerrar esa conversación, corrió al consultorio del doctor Manuel, el doctor la recibió y la invitó a sentarse.

- ¿Qué ha pasado Carolina? Te veo muy contenta -ella no podía creer lo que había pasado, no sabía si estar contenta o preocupada, porque al final estaba desempleada, con una liquidación, pero desempleada.

-Pues sucedió algo, me acaban de despedir, mi jefe insistió en que mejor busque hacer algo que me haga feliz -Manuel se dio cuenta que el problema de Carolina se estaba resolviendo, creía que talvez la hipnosis no sería necesaria después de esa charla.

- ¿Qué piensas hacer, buscar otro trabajo quizá? -Carolina se levantó y mentalmente repasó sus opciones, si algo no le gustaba a su esposo de ella, era esa facilidad que tenía de tomar decisiones inmediatas sin mucho análisis y planeación.

-Mira, con el finiquito, me compro un carro, me consigo un trabajo por horas como vendedora o algo así, que yo maneje mi horario y voy a estudiar veterinaria, ese es mi sueño desde niña y quizá deba intentarlo; al final, ahora estoy casada y tengo el apoyo económico de mi esposo, puedo reducir ciertos gastos y quizá realizar en esta vida lo que logré en la otra, nunca es tarde -Mientras decía esto los recuerdos de Carolina de esa otra vida dejaron de molestarla o preocuparla, se convirtieron en eso, en recuerdos que ya no afectan, recuerdos a los que nos acostumbramos, como recordamos cualquier otro evento de nuestras vidas, como una película, como un sueño.

- ¿Sabes qué? No quiero saber que pasó, ya no me interesa, voy a vivir esta vida como si fuera la única y cada día, como si fuese el último. Tengo un sueño que cumplir y ahora es irrelevante saber algo que pasó ayer -Carolina salió de ahí y se dirigió a casa, al llegar le contó a su esposo todo, desde su otra vida hasta el día de hoy y sonriendo le confirmó que entraría a estudiar la carrera de sus sueños.

- ¿Y todo eso pasó en dos días? -Le preguntó incrédulo.

-Sí -Carolina se levantó pensando que seguiría una plática de las decisiones repentinas y demás, él la tomó por la mano y la sentó.

-Me da mucho gusto que vayas a intentarlo, de verdad, cuenta conmigo.

E

so sucedió hace dos años, Carolina aún no se gradúa, más es estudiante honoraria en la Universidad. Va bien trabajando en ventas de autos con horario abierto, nunca supo que fue lo que pasó y cómo es que sus dos vidas se cruzaron, sin embargo, dejó de pensar en ello cuando se dio cuenta de que, en realidad, su nueva vida era una mezcla de las cosas buenas que hubo en las dos anteriores.

CUARTO SUEÑO
La modelo

-Muchos piensan que nosotras no pensamos, que simplemente nos paramos, sonreímos y que con eso nos ganamos la vida. Creo que esas personas nunca han usado tacones por más de diez horas, teniendo además la obligación de lucir fantásticamente atractivos. Yo he seguido estudiando, tengo ahora un doctorado en Administración de Empresas y tengo mis propios negocios, creo que el ser bonita no me hace tonta -Pamela hablaba ante los reporteros con tanta seguridad, fue la primera modelo Mexicana que llegó a ser una de las principales modelos de la escena internacional, compitiendo con Brasileñas, Españolas, Alemanas; ella de verdad tenía algo, medía un metro con ochenta centímetros, eso de pequeña le trajo muchas burlas y dificultades para conseguir novio, pero en un viaje a Cancún a los quince años, un famoso fotógrafo la descubrió, habló con sus padres, quienes volaron con ella a Francia y ahí inició todo, pronto el mundo la conocía, las portadas de revistas llevaban su rostro, era invitada a los eventos más importantes. Siendo talla cinco, bella y alta, tenía el mundo de la moda a sus pies.

Sus padres siempre le pidieron continuar estudiando, aunque fuera por sistema abierto y jamás olvidar que México era su hogar.

Tenía veinticinco años, habían sido diez años de prisas, de locura; seguía teniendo contratos, pero había visto a muchas modelos que a esta edad empezaban a perder terreno ante las modelos jóvenes, aunque tuviera otras inversiones, ella amaba modelar. Siempre en su cuarto del hotel en turno, cuando se quedaba sola, recordaba que de pequeña tomaba los vestidos de su madre, se maquillaba y jugaba a estar en la pasarela, aunque se burlaban de ella, la llamaban jirafa y otras cosas, ella se sentía especial, única, sabía que iba a ser alguien grande y entonces se burlaría de aquellos que se burlaron de ella en su niñez, más una vez que llegó a ese punto, ella simplemente olvidó las burlas y se entregó por completo a su destino.

En diez años conoció Francia, Japón, Alemania, Inglaterra, Estados Unidos, Canadá, Brasil, España, Rusia, varios países de África, China... podría seguir y nunca terminar, tenía más de cien portadas en su haber y demasiados desfiles para casas de moda muy importantes, acababa de vencer su contrato con una famosa línea de maquillajes y estaba negociando otro más con una casa de productos para el cabello.

Había tenido varios romances con personajes del medio artístico e incluso algunos millonarios le había hecho propuestas interesantes, pero ninguno había sido verdadero amor, sobre todo porque muchos de los hombres que conocía eran incluso más vanidosos que ella y ella seguía siendo una chica mexicana, educada con valores y tradiciones, soñaba con una relación para toda la vida, con hijos y retirarse del modelaje para dedicarse a su familia y a sus negocios.

Ese día, después de la entrevista en la suite del hotel que la agencia le reservó, pidió a todos, un momento a solas, estaba cansada del viaje y quería darse un baño.

Preparó la tina, con agua muy caliente, la llenó de sales, espuma y la rodeó de velas aromáticas, se quitó el sencillo vestido que traía puesto y quedó desnuda frente a un espejo de cuerpo completo, se vio de pies a cabeza, observó su cabello, perfectamente peinado, el corte perfecto, los listones rubios sobre el color castaño, sus rizos cayendo con gracia hasta media espalda, es increíble lo que el dinero consigue, hasta los quince años nunca logró tener el cabello así de arreglado y ahora era parte de ella, su delgado cuerpo le pareció quizá un poco más delgado de lo que debería ser, aunque siempre fue delgada, ahora mantenía muy en raya su peso, comía más que la mayoría de las modelos, pero ese más era tan solo hacer sus tres comidas demasiado balanceadas, en el desayuno cóctel de frutas, al medio día una ensalada quizá con pescado o quizá con un poco de pechuga de pavo, por la noche un licuado mixto de frutas y verduras, ocasionalmente se permitía algún rollo de sushi o mariscos, pero solo en ocasiones especiales. Pensó que en diez años solamente había comido una hamburguesa, ese día, la pidió doble con queso, tomó un refresco de cola cargado de gas y de postre una malteada de chocolate delicioso. Cómo extrañaba poder darse esos lujos, pero era obvio que, en el mundo de la moda, un kilo de más se nota, un pequeño rollito en la cintura se ve a leguas y la agencia en Nueva York deja de enviarte a trabajos hasta que no lo eliminas, triste, pero cierto, esa era su vida.

Después de verse al espejo cerca de cinco minutos, se metió en la tina, decidió relajarse y no pensar en nada, había apagado su celular y dejado indicaciones de que no la molestaran ni le pasaran llamadas, en el silencio total se dejó seducir por las fragancias, por la suavidad que podía sentir en el agua debido a las sales, pronto se quedó dormida.

Amaba soñar, pues sus sueños siempre estaban rodeados de situaciones tan extrañas en las que se mezclaban todas las personas de su vida, desde la infancia hasta la actualidad: sus padres, su hermano… su familia aparecía de repente en un desfile y desfilaban junto con ella, se bajaba de la pasarela y estaba en su escuela rodeada de aquellos amigos que tenía años de no ver, pronto aparecía algún novio o personaje conocido del medio artístico, era hora de salir de la escuela y afuera la esperaba un avión, lo tomaba para llegar a la casa de sus padres, entraba y era la suite de un hotel. Sus sueños nunca eran iguales, nunca eran monótonos y le ayudaban a recordar caras, nombres, le ayudaban a recordar su vida.

Se despertó cuando sintió un frío intenso, varias velas se habían apagado y el agua estaba totalmente fría. Se estiró aún dentro de la tina, tomó una toalla para el cabello y despúes otra para el cuerpo, salió de la tina y se fue a la cama, eran cerca de las doce de la noche, se puso un pijama y trató de conciliar el sueño, pero no podía, al día siguiente vería a sus padres, después de siete meses que pasó trabajando en distintos eventos de Europa. Estaba ansiosa por abrazar a su madre y de platicar con ella.

Se levantó y se asomó al balcón de su habitación, su hotel se ubicaba en Polanco y la suite tenía una hermosa vista a Reforma y al bosque de Chapultepec, decidió que en esta visita iría a pasear a aquellos lugares que hacía mucho no visitaba, uno de sus favoritos era el Museo Nacional de Antropología e Historia. Respiró el aire de la noche, observó las luces de la ciudad, se imaginó a los millones de personas que en ese momento estaban viviendo sus vidas, tan distintas unas de otras, estuvo contemplando su hermosa ciudad por un rato, entonces el sueño la obligó a regresar a la cama que había abandonado unos minutos antes, nuevamente a dormir y a soñar.

A las ocho de la mañana sonó el teléfono, eran de la agencia para preguntarle si estaba segura de querer tomar esas vacaciones, pues tenían varias entrevistas y trabajos que querían que hiciera.
-De verdad las necesito John, no podría tomar un solo avión más hoy, estoy cansada y quiero ver a mi familia, estar un poco en mi ciudad -Con un perfecto inglés continuó -Te llamo en quince días y platicamos lo del contrato. -No tenía más que decir, se despidió, se dio un baño rápido, se puso unos sencillos pants, se recogió el cabello en una cola de caballo, tomó su bolsa, sus lentes y bajó a la recepción del hotel.
-Quiero checar mi salida -Entregó la llave a la chica que se encontraba tras el mostrador -Por favor que bajen mis maletas.

-Señorita Vega, su suite está reservada por quince días, ¿segura quiere salir hoy? -El hotel siempre debe tratar de convencer a la gente de que se quede el tiempo que tenía planeado -¿Hubo algo que no le haya gustado? podemos arreglar cualquier problema.
- ¡Oh! no es eso, para nada, aquí entre nos, voy a pasar mis vacaciones en casa de mis padres, no en un hotel, estoy can-

sada de hoteles.

-Entiendo, siempre es un placer recibirla, lo sabe ¿puede por favor llenar esta forma? Aquí tiene su cuenta -Pamela sin verla extendió su tarjeta de crédito, llenó la forma con prisa y firmó el pagaré.

-Ahora le bajan su equipaje, si gusta puede esperar en el lobby ¿necesita taxi?

-Sí, por favor.

Las maletas llegaron y el taxi esperaba en la puerta, le dio la dirección de su domicilio y como llegar, pues se ubicaba al norte de la ciudad.

-No se preocupe, conozco el lugar ¿visita algún familiar? -El chofer la veía por el retrovisor, aunque se le hacía conocida no podía saber de dónde. -Realmente no es visita, voy a mi casa.

A lo largo del recorrido, Pamela observó el Periférico y sus espectaculares, aunque ésta fuera una ciudad caótica, ella la amaba, era su hogar, amaba su tráfico, su gente, todo.

Al llegar a casa sus padres corrieron a recibirla, la esperaban con ansias.

-Mira nada más, estás hermosa, aunque algo flaca para mi gusto - Le dijo su papá al abrazarla.

-No la molestes, apenas va llegando. Hola mi niña, te extrañamos -Su madre la besó en ambas mejillas, abrazándola -Ándale Gordo, mete las maletas.

-Yo ayudo -Su hermano salió de la casa, antes de tomar las maletas abrazó a Pamela -Hermanita, te extrañé.

-Yo a ustedes, los amo demasiado.

Entraron a la casa y se pusieron al día, ella les contó del trabajo, del posible contrato, también de lo que conoció en sus últimos viajes y de lo mucho que añoró su casa.

-Creo que estoy empezando a crecer, cada día añoro más la tranquilidad de esta casa -Se quitó los tenis y subió los pies al sillón.

-Quieres que hablemos de las boutiques ahora o después, todo va muy bien, solo tengo que darte cuentas -Su hermano administraba perfectamente sus negocios en México.

-Confío en ti hermanito, hablamos después ¿qué les parece si jugamos algún juego de mesa? ¿qué tal una partida de póker? tengo mucho tiempo sin jugar.

La mañana se fue en el póker, al medio día su madre se levantó para empezar a servir de comer.

-Hija, estás de vacaciones, preparé ayer en la noche tu amado pozole ¿como ves, se te antoja? -Aunque ella sabía que su hija no tenía ningún trastorno alimenticio, no le gustaba que tuviera que limitarse en sus alimentos de la manera que lo hacía.

- ¿Por qué no? comamos pozole -Pamela no rechazaría esa oferta, era el delicioso pozole de su madre.

Se escuchó el timbre de la puerta y Pamela corrió a abrirla emocionada, parecía tonto que le emocionara abrir una puerta, pero en la vida que llevaba podían pasar meses sin que hiciera ese tipo de actividades tan sencillas.

- ¿Quién es? -Preguntó antes de abrir y asomándose por la mirilla.
-Me informaron que aquí está la modelo Pamela Vega y la verdad, quería su autógrafo -Ella se rio demasiado pues no solo lo vio por la mirilla, sino que reconoció la voz de su adorado amigo Alfredo.
-Pasa por favor, ella está arriba en una sesión fotográfica, pero si tienes paciencia pudiese bajar en algún momento del día, por lo pronto puedes conformarte con comer pozole y jugar algún juego de mesa el resto de la tarde conmigo.
-Pues que se le va a hacer, me conformaré contigo -Todos se rieron.

Fue una tarde muy acogedora, el ambiente familiar llenó el corazón de Pamela de amor, a su alma de energía; era increíble como un día tan sencillo como ese podía ser tan indispensable en su vida. Comieron juntos, jugaron turista, contaron chistes y rieron demasiado. A las seis de la tarde, el padre se fue a ver un partido junto con su hijo, la madre de Pamela se levantó a lavar los trastes sucios de la comida, Alfredo y Pamela se quedaron solos.

-Hola -le dijo Alfredo -Tenía, creo que un año que no venías ¿verdad?

-De hecho, vine hace siete meses, pero solo dos días, por eso ni te avisamos, vine solo por algunas cosas, a dejar otras, ya sabes, como siempre corriendo.

- ¿Qué te parece un paseo por el parque? Para recordar viejos tiempos -Ellos habían sido novios, llevaban un año de serlo cuando ella empezó con su carrera, de hecho, su carrera fue lo que los separó, porque se querían demasiado, después crecieron, ella conoció gente, cada uno hizo su vida, pero muy en el fondo ambos seguían de cierta manera muy infantil, enamorados.

-Vamos -Pamela vio a Alfredo mientras él caminaba frente a ella, recordó tantas cosas, anheló tal vez la simplicidad de tener una relación normal, sin que la gente busque fotografiarlos juntos, siguiendo sus pasos cada segundo, deseó poder hacer lo que hacían en este momento, salir a caminar por el parque, un parque que solo aquellos que vivían en la colonia conocían.

El parque se ubicaba a dos calles de la casa de Pamela, llegaron y ella fue directo a los columpios, Alfredo se sentó en una banca y la observó.

- ¿Nunca vas a dejar de subirte a los columpios? Tienes veinticinco años, niña.

-Amo los columpios, Fredo, no lo puedo evitar -Gritaba pues iba rápido hacia delante y rápido hacía atrás - ¿Sabes por qué los amo? Porque siento que puedo volar, cierro los ojos y pienso que tengo alas, mira inténtalo.

Alfredo se levantó, tomó el columpio de al lado, empezó a mecerse hacia delante y hacia atrás, Pamela no lo sabía, pero Alfredo hacía esto al menos una vez a la semana y cuando cerraba los ojos, la imaginaba a ella, en el columpio, soñando que volaba, ella siempre le decía lo mismo cuando eran más chicos, él sabía porque ella amaba los columpios, lo sabía porque él adoraba a Pamela.

Se columpiaron en silencio durante algún tiempo, él, poco a poco se detuvo, ella comenzó a hacer lo mismo, pronto se encontraron sentados en los columpios, simplemente observándose.

- ¿Tú crees que, si yo no hubiese iniciado en esta carrera seguiríamos siendo novios hoy, después de diez años? - Preguntó Pamela con cierta nostalgia en su voz.
-Por supuesto que no -Pamela abrió la boca en señal de sorpresa -Probablemente estaríamos ya casados o de menos preparando nuestra boda.
- ¿Crees? -Ahora Pamela sonreía pícaramente.
-Estoy seguro, yo te adoraba.
-Pero éramos unos niños, hemos cambiado y nunca sabremos lo que hubiera pasado de haberme quedado yo aquí, quizá ya no nos hablaríamos.
-Antes que novios fuimos amigos, crecimos juntos, nunca hubiera permitido llegar al punto de no hablarnos.
-Nunca lo sabremos -Pamela se levantó y empezó a caminar, Alfredo la siguió.
-No, nunca.

En silencio regresaron a su casa, los esperaba un chocolate caliente y un delicioso pan de dulce.
-Mamá me tienes en engorda, pero bueno, es el día uno, recuérdame en el día cinco detenerme -Se sentó y tomó una concha, la partió por la mitad y le ofreció la mitad a Alfredo - Fredo, comparte conmigo el pecado, que una concha completa es demasiado para mí.
Cuando se terminaron el pan y el chocolate Alfredo se despidió, Pamela lo acompañó a la puerta.
-Espero que estés con nosotros estos días -Se acercó y le dio un beso en la mejilla.
-Cuenta con ello, mañana te llamo.

Cuando Pamela regresó a la mesa su mamá la veía con ojos de madre suspicaz.

-A ti te sigue gustando Alfredo -le dijo en tono de complicidad.

-No sé, mami, no sé qué siento, no podría lastimarlo dejándolo otra vez, además, a veces pienso que lo que sentimos es más un sueño de lo que pudo ser que una realidad, hace diez años terminamos, no sé cómo sea él ahora, él no me conoce, así como soy, es decir, ahora somos un hombre y una mujer, ya no somos adolescentes, no estoy segura de saber cómo es él, quizá lo imagino como quiero que sea, no sé.

-Pues eso debes de saberlo con el corazón, no con la cabeza. Ahora a dormir, yo estoy muerta, no dormí cociendo el pozole.

-Gracias, mamita, no te hubieras molestado, vamos a dormir.

Pamela acompañó a su madre para desearle una buena noche a su papá y después pasó al cuarto de su hermano para desearle también una buena noche.

Entró a su habitación, seguía siendo la habitación de aquella niña de quince años que dejó su mundo atrás para trabajar, ahí seguían sus muñecos de peluche, su cortina rosa, los afiches de la música que escuchaba diez años atrás, fotos de sus amigos, fotos de Alfredo, todo, solo que ahora su cuarto estaba lleno también de maletas con ropa que nunca lograba acomodar, sus padres le tuvieron que cambiar el clóset para que cupieran sus zapatos y su guarda ropa.

Sacó un viejo pijama del clóset, era su favorito, siempre que iba a casa se lo ponía, sacó algunos álbumes de fotografías y comenzó a verlas, de pronto se encontró con una de Alfredo en su ventana, entonces recordó que su ventana estaba frente a la de él y que por ahí platicaban con señas, años atrás, se levantó y se asomó, parte de ella deseó que él estuviera asomado, pero por otro lado no deseaba verlo, pues ella no pensaba, en ese momento, dejar su carrera por nadie y él no podría entender ni aceptar su vida. Se decepcionó al ver que él no estaba asomado, pero al mismo tiempo eso la tranquilizó.

En la otra ventana, un ansioso Alfredo se asomó, tenía el presentimiento de que vería a Pamela asomada, pero no fue así, dio la media vuelta y tomó de su buró la foto de Pamela, una que le habían tomado en su fiesta de quince años, lucía tan hermosa, en esa foto ella era aún su Pamela, el coleccionó todas las revistas donde ella aparecía, a veces los cajeros lo veían con cara de sospecha porque compraba revistas de modas, uno incluso lo invitó a salir pensando que era homosexual y él les explicaba de su novia, la modelo, más nadie le creía, pero eso a él no le importaba.

Sabía de los riesgos que corría cada vez que Pamela regresaba, tenía miedo de volverla a besar, de que ella aceptara volver a iniciar una relación, pues sabía que sería temporal y ella se iría nuevamente, escuchó el timbre y a su perro ladrar, se asomó por la venta y vio la luz de la habitación de Pamela apagada.
-Alfredo, te buscan -le gritó su madre.
-Voy -bajó la escalera y se encontró con su amigo Eric, hermano de Pamela - ¿Que hay? ¿Todo bien?
-Eric se sentó en la sala antes de que lo invitaran, se conocían de toda la vida así que prácticamente ambas, eran sus casas.
-Pues nada, quiero hablar contigo sobre Pamela -Eric sonaba serio.
- ¿Pasa algo?
-No es que pase algo concreto que te pueda decir, pero no sé, mira ella ama su carrera, la ha pasado de maravilla, pero la conozco y en sus ojos puedo ver que no es feliz, es decir, cuando está aquí con nosotros es muy feliz, cuando se va, siempre noto que no quiere irse, pero quizá no conoce nada más que eso y tiene miedo de perderlo por nada. Mira, piénsalo, llegar a donde ella llegó no es fácil, abrió puertas, conoció, voló muy lejos y quizá de alguna manera vea el regreso como una manera de decir "fallé"; no sé, ella es tan compleja, pero creo que lo que necesita es algo o alguien que la convenza de quedarse.

- ¿Y crees que ese algo o alguien debo ser yo? -Alfredo sonaba confundido -Mira, hermano, no me malinterpretes, pero
tu hermana me dejó, me dolió el alma, pero lo superé, éramos
jóvenes y créeme que la adoro, pero no toleraría que me volvi-
era a dejar.

-Entiendo, solo quería que supieras lo que opino, ella te
quiere demasiado y entiendo que ambos puedan sentir miedo,
pero piensa que siempre es peor quedarte con la duda que
saber. Descansa, nos vemos mañana.

Durante la primera semana fueron a todos los lugares que Pamela quiso visitar, iban en familia y por supuesto con Alfredo,
a pesar de que ella iba sin maquillar y vestida con demasiada
comodidad, no faltó la gente que la reconoció, pero no era lo
mismo que en otras ciudades, comió quesadillas, pambazos
y cuanta comida chatarra encontró en la calle, no había nada
como la comida de los puestos de las calles de la Ciudad de México.

El segundo domingo que pasó en casa llegó Alfredo por ella,
habían quedado de ir al cine y a pasear al centro comercial.

- ¿Lista? -Nunca dejaba de admirar la belleza de Pamela.

-Más que lista, vamos -Pamela lo tomó del brazo y se despidió de sus padres.

Primero fueron al cine, después pasearon por el Centro
Comercial, finalmente se metieron a tomar un café.

-Dime algo, Pame, ¿piensas retirarte pronto? -Alfredo había estado pensando en lo que Eric le había dicho, sin embargo, no
quería dar ningún paso sin antes saber qué era lo que pensaba
ella.

-Me creerías si te digo que sí, y muchas veces; no es por mi edad,
es por mis anhelos. Hace diez o hace cinco años mi sueño era
ser modelo, nada más, la mejor modelo; hace cinco años firmé
mi segundo contrato millonario, imagínate donde vivía, en
las nubes. Hoy tengo tanto dinero en el banco que no tengo
ni idea de cuánto es, porque sencillamente no puedo gastár-
melo, he trabajado tanto.

Pero mi sueño ya se está terminando, ahora, no sé si sea por la edad o porqué, pero he empezado a desear otras cosas más normales.

- ¿Cómo qué cosas? -Alfredo empezaba a sentir que las cosas podrían, al final, salir como él esperaba.

-Te digo solo si prometes no reírte.

-Lo prometo.

-Quiero tener una casa, mi casa, quiero tener hijos, quiero simplemente poder sentarme con ellos una tarde a ver películas con botanas grasosas, no preocuparme si subo uno o más kilogramos porque mi esposo me amaría tanto que no le importaría, eso quiero.

Alfredo no sabía que decir, estaba escuchando lo que quería escuchar. Pamela continuó.

-Ahora, por otro lado, mírame, mi carrera sigue en ascenso, podría ganar más dinero, aún soy muy joven, quizá en cinco años a partir de ahora podría hacer todo lo demás que quiero, así que, al final del día, deseo seguir mi carrera, pues la amo, aunque quizá de alguna manera loca y dañina.

Cuando terminó de decir esas palabras, todas aquellas que Alfredo estuvo a punto de decir se quedaron solo en su mente, no habló más sobre el tema, de hecho, lo cambio y no lo volvió a tocar en toda la noche. Cerca de las once de la noche llevó a Pamela a su casa y él se fue a la suya.

Llegando, sacó la fotografía de Pamela del portarretrato y la guardó en un cajón, sacó todas sus revistas y las guardó en unas cajas.

-Mamá, regálale a la muchacha las cajas que están en mi habitación por favor.

-Sí hijo ¿Qué es?

-Revistas viejas, nada más.

Se recostó en su cama y sacó unas hojas que tenía mucho de no usar, eran hojas para carta, sacó una pluma fuente y le escribió una carta a Pamela.

Con cuidado Fredo dobló la carta, la guardó en un sobre y lo cerró, guardó esta carta hasta el día en que llevaron a Pamela al aeropuerto, cuando llegó el momento de la despedida todos lloraron, se abrazaron y Alfredo fue el último, le dio, para sorpresa de todos, un suave beso en la boca.
-Adiós, Pame.
- ¿Cuál adiós? hasta luego, lo dices como si ya no fueras a verme.
Alfredo simplemente calló y se alejó, cómo él llevaba su auto se fue sin decir más.

Manejó por horas a través de la ciudad sin rumbo fijo, finalmente llegó a su casa y se sentó a la mesa con sus padres.
-Quiero decirles que esta semana que pasó me enrolé como voluntario de paz, me voy a África por algún tiempo, ya renuncié al trabajo y tengo dinero suficiente para vivir por algún tiempo, los mantendré al tanto de lo que suceda. Voy a empacar, mi vuelo es el miércoles.
- ¿Ya lo pensaste bien? -Preguntó su padre sin cuestionar la decisión de Alfredo, durante diez años, vieron a su hijo esperar por algo que ellos sabían que no regresaría y escuchar esto les daba a ambos la tranquilidad de que, por fin, su hijo seguiría su propia vida.
-Sí, está decidido.
-Siempre te vamos a apoyar hijo -Su madre se levantó y lo abrazó -Siempre.

Pamela entró a la sala de abordar, algo triste por la despedida de Alfredo, sabía lo que significaba, ese había sido el adiós definitivo; abrió su bolso para sacar su celular y vio un sobre que no reconoció, dentro había una carta, por la letra supo que era de Alfredo, iba a empezar a leerla cuando llamaron a los pasajeros de su vuelo a abordar, la guardó y abordó el avión con destino a Nueva York, una vez en su asiento de primera clase volvió a sacar el sobre y esta vez leyó la carta.

"Pame, cuando leas esto seguramente irás camino a tu vida, de vuelta a tu columpio, donde simplemente cierras los ojos y sueñas que vuelas, sin ver atrás, sin ver a los que nos quedamos atrás.

Hace diez años hiciste exactamente lo mismo y tontamente pensé -quizá algún día se va a bajar del columpio, dejará de soñar que vuela y regresará a sentarse conmigo a este banco que quizá parece aburrido, pero que al menos está en la tierra y en él yo tengo los ojos bien abiertos- Hoy estuve a punto de pedirte que te casaras conmigo, que juntos cumpliéramos aquel otro sueño que tenías, ese sueño loco de tener una vida más tranquila, quizá hasta tres hijos, sin embargo, no estoy dispuesto a esperar cinco años más para cumplir ese sueño, pues creo que diez fueron suficientes. No lo tomes a mal, te amo y espero que te vaya muy bien, espero que nunca caigas del columpio y que cuando decidas bajar, haya alguien que te esté esperando, aunque ese alguien no seré yo.

Nuestra amistad nunca acabará, tenlo por seguro, pero mi amor por ti se termina con estas últimas letras.

Con cariño.
Fredo"

Pamela lloró, lloró porqué de verdad quería demasiado a Alfredo, lloró porque ahora no sabía si su decisión había sido la correcta o no, pero ya la había tomado, así que guardó la carta, se colocó los audífonos y se quedó dormida.

Esta vez su sueño no fue un sueño como los que solía tener, esta vez soñó con Alfredo, él estaba casado con una mujer que se parecía a ella, pero esta mujer pesaba al menos unos diez kilos más, además había otra gran diferencia entre ellas dos, la mujer de su sueño era más feliz.

QUINTO SUEÑO
El Escritor

José sabía que nació con un don, es difícil nacer con uno, muchos lo aprendemos en el camino, pero pocos nacen con dones; él podía escribir, pero no solo como aquellos poetas que escriben lo que su alma siente, ni como aquellos filósofos que escriben lo que su activa mente piensa y razona, no, José era un novelista, él podía escribir las historias de los demás, historias que nunca antes se habían escuchado.

A los seis años había comenzado a leer, leía lo que encontrara en su camino, así fuese el diccionario, devoraba las palabras y sus significados, poco tiempo después empezó a escribir, sin darse cuenta; en su mente se formaban las palabras, las frases, terminando en cuentos, con vida propia, donde plasmando con tinta un nombre le daba vida a alguien más, fue padre de muchos personajes, su primera creación fue Jicks, un niño duende, después le siguió la creación de su ciudad llamada Baem Elidetum.

Cuando José cumplió los treinta y dos años, había escrito una docena de libros, una treintena de cuentos y muchos pensamientos y poemas; porque tenía el don y lo aprovechaba, además de que amaba escribir.
Nunca estudió la carrera de letras, no le interesaba que le enseñaran hacer aquello que él ya sabía bien, había pasado muchos años viviendo entre hojas y letras.

Vivía en un cuarto que rentaba a una tía, no tenía muchas opciones pues nunca había logrado publicar un libro, a pesar de haber entrado a concursos, de haberse conseguido un agente, tocó puertas y puertas, pero no había logrado ese golpe de suerte que lo lanzara a la fama.

Muchas personas lo veían como un fracasado, pues no tenía ni para pagar una salida a un bar, por lo mismo no tenía novia, normalmente las mujeres buscan algo más que amor, buscan seguridad, futuro y pocos se lo veían a José.

A él no le interesaba la cuenta de gas o luz, no le importaba ni comer, solamente sentarse frente a su vieja máquina de escribir, con cuidado meter la hoja, ajustarla y entonces empezar a golpetear las teclas.

-Eran las doce de la noche y Carmela estaba perdidamente dormida -seguía tecleando y pronto Carmela estaba muerta

-Entonces Eduardo logró convencer a su jefe de buscar ayuda -poco después Eduardo era culpado de fraude

-El barco nunca llegó y entonces entendí lo que significaba la palabra esperanza -entonces todos los que leímos ese cuento entendimos que la esperanza no muere, a menos que tú quieras.

En su habitación solo había una cama que otro tío le regaló, un escritorio con su máquina de escribir y una silla algo incómoda, un pequeño baño, un sofá también regalado, una muy vieja grabadora y por último unos cuantos pantalones vaqueros viejos y playeras, era el prototipo de vida básica, es decir, no necesitaba un cuadro colgando para sentirlo su hogar, vamos, ni siquiera lo llamaba "mi casa" para él, la vida era eso, hacer solo lo que amas.

-Hijo, baja a comer -Lo llamó su tía un día, ella siempre compadecía a su pobre sobrino, aunque sabía que estaba ahí por gusto, que si no comía era porque no quería, pues de lo contrario hubiera salido ese día en busca de empleo; siempre es una mezcla de sentimientos encontrados cuando amas a alguien así, por un lado, el amor que no te permite negarle nada y por el otro, el coraje de verlo tirando años de vida a la basura por un sueño quizá absurdo, sin embargo, era su sobrino y ese día, como muchos otros antes, lo invitaría a comer un delicioso alambre de res.

José bajó algo apenado, él sabía que su tío se molestaba si le daban de comer, más no podía despreciar la comida de su tía, quien se sentía bien ayudándolo, aunque él podía pasar días sin comer, ya sabía que no le pasaría nada.

-Gracias tía, no te hubieras molestado, se ve delicioso -José tomó asiento, mientras el tío gruñía algunas palabras en contra suya.

- ¿Qué estás escribiendo ahora? Te oí toda la noche en la máquina -La tía trataba de aliviar la tensión.

-Es un cuento que me encargó una chica de secundaria para su clase de literatura, me va a pagar cien pesos, es algo; además me va a recomendar con sus amigos -Empezó a comer gustoso pues tenía dos días sin comer. -Esto está delicioso tía, gracias.

-Entonces ahora vendes tu "arte", para que otras personas sean flojas y no cumplan con sus deberes -El tío no tenía nada en contra de José, simplemente quería que entendiera de una vez por todas que la vida no era solo cumplir tus deseos; la vida costaba, él lo sabía pues había llegado de un pueblo a los ocho años y nunca había dejado de trabajar desde entonces, el mantuvo a su madre, después se casó, mantuvo a seis hijos y nunca les hizo falta nada, pero eso fue porque él no se dedicó a escribir como ahora José hacía. La vida no era gratis y nadie que se hiciera llamar hombre lo sería hasta no ganarse su propio pan. José ignoró el comentario, como hacía siempre que alguien le quería enseñar lo que era la vida; él era un escritor y si a la gente no le gustaba, no era su problema, él seguiría siendo un escritor.

Terminó su comida en silencio, se levantó y despidiéndose de su tía salió a la calle. A pesar de que llovía, caminó por el sendero arbolado que había frente a la casa que habitaba, en esa caminata como en las que hacía al menos dos veces por semana, iba recogiendo pedazos de vida, escuchaba a la gente, escuchaba a los árboles susurrarle historias, prendía un cigarro sin filtro, quizá se sentaba por unos momentos, volteaba a su alrededor, veía las imágenes que el humo de su cigarro dibujaba en el viento, ideaba su siguiente historia, robándole a la vida un poco de vida, para entonces lograr crear otras vidas.

De vuelta en casa nació Zuri, era una chica algo alocada, de quizá unos quince años, viviendo su vida como un remolino, para terminar embarazada y luchando por sacar adelante a un niño, siendo ella una niña.

Algo triste se alejó de su máquina, se recostó en su sofá y comenzó a pensar en escribir su biografía, pero ¿qué escribiría en ella? ¿solo qué escribía? por un momento pensó que solo la muerte le traería vida, lo había pensado antes, no era un pensamiento nuevo, estaba atrapado entre las hojas y las palabras, había creado muchas vidas, pero la suya solo era eso, escribir, no había tenido novias desde hacía años, pues en la escuela siempre fue el típico niño tímido, aplicado y consentido por los profesores, sabemos que no es el prototipo de niño deseado por el sexo femenino, además siempre fue odiado por el género masculino; sí tenía amigas, pero ninguna interesada en él, sobre todo después de los dieciséis, edad en la que las chicas comienzan a desear relaciones formales, él, no era una opción.

Tomó su navaja y como en otras ocasiones cortó un poco en su estómago, un poco en su pierna derecha, pues la noche anterior fue la izquierda, así, viendo su sangre se supo real, no era el cuento de alguien que escribía, él existía, aunque fuese en un mundo separado al de los demás. Cortó un poco más en el antebrazo, se levantó, bajó al refrigerador de su tío y le robó una cerveza. En el techo de su cuarto se sentó a tomarla, fumarse un cigarro, perder un poco de sangre y observar a la luna, aquella luna que tantas veces iluminaba las noches de sus cuentos, que embelesaba a una pareja romántica y los llevaba a aquella deseada culminación de su amor, claro, en sus cuentos.

El día había terminado para José, leyó una vez más la vida de Zuri, puso algo de música y sin notarlo se quedó dormido.

Como siempre sus sueños estuvieron llenos de sus personajes, era común que soñara con la última historia que había escrito, ahí lograba ver el rostro que imaginó al estar despierto, lograba escuchar la voz que deseó que sus personajes tuvieran, era como si en sus sueños, sus sueños se volvieran realidad. Entonces su sueño terminó al terminar la historia de aquella tarde y se encontró dormido en su cama, se levantó y observó a su alrededor, ahí estaba su máquina, su cuarto, su grabadora, su sofá, salió y encontró a su tío en el garaje lavando su auto, caminó por la arboleda y de pronto no supo que hacer, se quedó parado, como si no hubiera nada que lograra hacer que pensara o que se moviera, tratando de articular palabras en su mente logró preguntarse - ¿Ahora qué sigue? -Sin saber de dónde provenía, escuchó una voz -No sé qué podría hacer ahora, José, José, José, ¡piensa! ¡piensa! -José trataba de pensar y no podía pensar más, solo estaba ahí, parado, inerte, quiso mover sus piernas y regresar a casa, más no podía, volvió a escuchar aquella voz - A ver, repasemos, se levanta de aquel sueño, algo confundido, observa su habitación, todo está de acuerdo con su vida, pero sabe que es un sueño ¿cómo?, sencillamente lo sabe, sale, en- cuentra a su tío, va a la calle, hacía la calzada de árboles y en- tonces...

¡Maldición! No sé qué más escribir, no sé qué sigue, tal vez aquí la gente se pierda, se confunda y deje de leer ¡piensa! no es un bloqueo, es solo la presión de entregar el libro mañana -José no podía creer lo que escuchaba, era como sí un escritor estu- viera hablando de él, ahora sí había perdido la cabeza, por fin todos aquellos años de no hacer nada más que escribir habían terminado en locura, quiso hablar, más de su boca no salió voz -Ni siquiera sé que voz quiero que tenga, a ver la de Rogelio, mi primo -En ese momento José pudo gritar -¿De qué estás hab- lando? ¿qué es esto? ¿una broma? ¿Quién eres? -Entonces, Luis entendió que su personaje tenía ahora vida y voz, sonrió y con- tinuó escribiendo, ahora le contestaba a José -Soy tu Dios, por decirlo de alguna manera, sin mí, no existes y es curioso, pues de alguna manera me hace sentir poderoso, pero dime ¿quién eres tú o más bien quien quieres que haga que seas? se me hace justo que sí voy a darte vida, al menos sea una vida que te agrade ¿no crees? José comenzó a reírse, esto era una locura, afortunada- mente era un sueño, él sabía que era un sueño -

¿Cómo te llamas? -preguntó a aquella voz -Mi nombre es Luis, mucho gusto -rio a carcajadas y continuó -no me crees, pero es verdad, yo estoy escribiendo esta historia, tú historia, podría contarte todos los detalles de tu vida, sin embargo, me pareció interesante que pudieras decidir algo, sobre todo ahora que tuve una especie de bloqueo y no sabía qué hacer, mira que ambos somos escritores y podríamos contarnos muchas cosas. Observa en tres segundos comenzará a llover -José volteó a ver el cielo y en tres segundos exactos comenzó a llover; sin que José lograra saber de dónde en su mano apareció una sombrilla.

-Debes de estar bromeando, esto es lo más extraño que he visto en mi vida, en mis sueños, en lo que sea que sea esto, mañana levantándome lo escribiré, es algo que no puedo dejar pasar -Luis sonrió al ver que José no se daba cuenta que esto, no era un sueño, que esto no era su vida; esto era tan solo la historia de Luis, si él no quería, José no escribía, es más, sí él así lo quisiera desaparecería en tan solo segundos, sin embargo estaba muy divertido, le gustaba tener el poder de confundir así a alguien -Mira José, vamos a platicar de lo que quieres y dímelo pronto, porque tengo que seguir escribiendo esta historia y me tienes aquí detenido, porque ni siquiera has querido creer que yo decido todo lo que pasa aquí, aunque por única ocasión quiero que tú trates de pensar quien quieres ser y que quieres en la vida

¿quieres seguir siendo el escritor o quieres cambiar? Mañana te levantas y decides trabajar o hacer cualquier cosa y yo te daré la oportunidad de hacerlo -Luis terminó su cigarro, lo apagó con cuidado -Mira, no sé qué creas que eres, ni siquiera sé si existas, necesito irme a dormir y despertar de este maldito sueño, soy un escritor, lo seré siempre, no hay nada que me puedas dar que me haga cambiar de opinión, ahora, sí fueras realmente el escritor de mi historia no me preguntarías que quiero ser, lo sabrías, no tendrías por qué preguntarme nada, porque yo sé lo que mis personajes quieren y sienten ¿qué pasa contigo? ¿no sabes escribir? ¿tienes miedo de hacerlo? -José dio la media vuelta y retornó a casa de su tía, muy molesto, preocupado, porque eso no era un escritor, ese tal Luis era un loco, que su mente había creado para jugar juegos con él, pero ¿por qué su mente hacía eso? no importaba, era un sueño, solo un sueño, así que solo debía volver a la cama, dormirse y así soñaría hasta que despertara en la vida real, sin Luis, sin sueños, solamente él, en su cuarto.

Llegando a su casa no pudo acostarse, decidió escribir, escribió la historia de él y Luis, era interesante escribirlo - Luis siguió escribiendo lo que haría a continuación José, quien volvió a casa y comenzó a escribir, Luis no sabía qué hacer, seguía tenso, algo bloqueado, sabía que José quería seguir escribiendo, pero también sabía que muy dentro, José deseaba tener algunas cosas más, como por ejemplo, amor, no podría dejar de escribir, pero quizá soñaba con encontrar a esa mujer que entendiera su estilo de vida y

¿por qué no? quizá hasta compartirla -José seguía escribiendo su nueva historia, estaba muy interesado, pero empezó a sentirse solo, quizá tan solo quería saberse amado por alguien, desde que su madre había muerto nadie lo había amado, comenzó a reír pensando que quizá ese tal Luis, era la manera en la que lograría sentirse querido, pues él amaba sus historias, sus personajes y sí Luis era su creador, seguro lo amaba, era curioso pensar que él mismo creara a alguien que lo creara a él para entonces no estar solo, pero sí, Luis tenía razón al escribirlo, en el fondo, él deseaba una mujer con la cual compartir su vida. Dejó de golpetear la máquina para poner algo de música, sacó su navaja y un corte en el pie lo hizo sentir, no solo dolor, también vida, regreso a su máquina y continuó escri-biendo -Luis lloró un poco al provocar que José se cortara nuevamente, era algo que, aunque no tenía una razón lógica de ser, tenía que hacerse, pues José no podría probar la vida de otra manera, nadie lo lastimaría mientras escribía, nunca enfermaba pues no podía darse ese lujo, nadie le rompería el corazón -Luis dejó a un lado su máquina para ir a cenar, a diferencia de José, él sí tenía una esposa, una vida real, además tenía dos libros ya publicados y su editorial lo presionaba para entregar este tercer libro.

-Juan ¿cómo estás? -al otro lado del teléfono su agente lo saludo con la presión que ameritaba, al día siguiente ese libro tenía que llegar a corrección de estilo -Luis ¿cómo va ese libro? -Luis comenzó a reírse del giro que dio ese día su historia -Juan, debes creerme, necesito una semana más, pero no es por no haber avanzado, es debido a que este libro será el mejor libro, no sabes el giro que dio la trama, el público lo amará, confía en mí y convence a la editorial de esperarme al menos una semana más, por favor -suspiró mientras esperaba la respuesta -De acuerdo, cuenta con esa semana, pero solo una semana, por favor -se despidieron.

Luis cenó rápido para poder seguir escribiendo un rato más antes de dormir, su hija le contó algunos detalles de su día, su esposa algunas cosas de la casa y corrió a su estudio, donde su máquina lo esperaba con una hoja a la mitad, llena de letras, donde José se había quedado escribiendo sobre él, Luis - ¡Que locura! -dijo Luis un poco ansioso por continuar -pronto el golpetear de las teclas de Luis se fusionó con el golpetear de las teclas de José, quien ahora escribía que Luis tenía la vida que quizá él deseaba tener, una esposa, una hija, una casa, no, no una casa, un hogar - Algo demasiado suntuosa para mí gusto, sí quiero una familia, pero no con tantos lujos, eso no es necesario en la vida, solo lo básico y quizá un poco más -Pensó para sí mismo José -Bueno Luis, ve a dormir, que yo mismo tengo sueño, y quizá en mi sueño te vuelva a escuchar, pero en esta ocasión yo decido lo que tú haces -Buenas noches, José.

Luis se levantó a la mañana siguiente, como siempre salió a caminar a la arboleda, lugar al que le gustaba enviar a José a pensar, sacó su pipa y la prendió, pensando que esa tarde José fumaría su cigarro sin filtro, pues él no tenía dinero para nada mejor que eso, a lo lejos vio caminando a una madre, con un pequeño niño y su perro -José siente algo de envidia cada vez que ve a una persona caminar acompañada, aunque sea de un perro, él no podía darse el lujo de alimentar a otro ser vivo, sí ni siquiera puede alimentarse todos los días a sí mismo, sería injusto.

Después de un rato de caminar José se sienta en el banco que más le gusta de la calzada, pues desde ese banco se veían ambos extremos y a toda la gente que corría, paseaba perros o simplemente se besaba bajo un árbol; dibujó con su cigarro la imagen de Luis, su pipa, su abrigo, pues en Otoño nunca se lo quitaba, además de ayudarlo a lucir un poco más como Sherlock Holmes, su héroe de las novelas que había leído de niño -Luis se sentó en el mismo banco que José usaría más tarde, prendió su pipa y pensó en su imagen de Sherlock, observó a una pareja besándose bajo un árbol y José se levantó para observar aquel beso un poco más de cerca, imaginando que sus labios eran los que rozaban los de aquella chica, que su corazón era el que palpitaba rápidamente para dejar de palpitar al momento de terminar el beso, por tan solo un segundo, segundo en el que su cuerpo se entregaba a la muerte que causa tanto amor, una muerte momentánea y deliciosa. Luis conocía esa muerte muy bien, pues la vivía cada día a pesar de llevar quince años de casado, era un hombre feliz, completo, exitoso y amado, no podía sentirse mejor, pero sobre todo le agradaba escribir sobre vidas algo trágicas como la de José, pues de algún modo tenía que vivir el dolor que todo mundo decía que causaba la vida, el amor, el trabajo.

Entonces Luis corrió a su casa con una nueva idea en la cabeza, pues sí él lograba que José sintiera a través de los cortes, quizá él podría escribir alguna historia más positiva a través de experimentar el dolor, como José -José quería vengarse un poco de Luis, su creación-creadora, sí era él quien lo hacía cortarse para vivir el dolor, quizá el necesitaba un poco de lo mismo -Llegó a su casa y se encerró en el baño, se vio en el espejo y visualizó a José, con su cabello negro y chino, algo largo por falta de estética, sacó de la ropa sucia unos viejos pantalones vaqueros y una playera raída, que había usado hace algunos días para limpiar el ático y los vistió, se enredó un poco cabello que segundos antes tenía recogido en una cola de caballo, sacó unas tijeras, lo cortó un poco y mal, pronto se había caracterizado como José - Viejo loco, estás loco Luis -sacó una navaja del botiquín de su baño y se cortó el antebrazo, por unos momentos dudó, pensó que quizá no saldría sangre y eso probaría que él, en efecto, era la creación de José, pero se sintió extrañamente feliz de ver que sí salía sangre y mucha, por lo que permaneció con el antebrazo sobre el lavabo, así su mujer no vería la sangre y no se asustaría, sintió con gusto el dolor y entendió a José, ahora él se sentía vivo y no dudaba de ser él el que esa tarde escribiría un poco más sobre un hombre, vestido con pantalones vaqueros y una playera algo raída llamado José

-José seguía escribiendo, llevaba al menos tres horas seguidas haciéndolo, Luis había retomado su historia para que José pudiese escribir algo más.

Pasaron cinco días en los cuales José no dejó de escribir casi las veinticuatro horas del día, no había comido nada y tampoco había salido a caminar, necesitaba despejarse un poco, pues entre sus pocos ratos de sueños, el escribir de alguien que escribía sobre él, los cortes y no haber comido mucho, se sentía algo distraído, algo perdido.

Los mismos cinco días vivió Luis, golpeteando, escribiendo, ahora los cortes eran diarios y había dejado de comer, su cabello sin embargo había regresado a su cola de caballo, su barba estaba perfectamente rasurada y su pipa llena, José estaba cobrando vida, quizá un poco más de la que a él le hubiese gustado, ahora sí, al día siguiente entregaría su historia y no sabía cómo la terminaría. Tomó su abrigo, su sombrero, su pipa y salió a la arboleda.

José caminaba con calma, comenzó a chispear un poco, la gente corrió a refugiarse de aquellas leves gotas de vida, él seguía caminando con la misma calma que lo hacía Luis, quien había comenzado a avanzar en el lado opuesto del sendero.

Al toparse frente a frente en esa arboleda, finalmente se vieron

a los ojos y al mismo tiempo ambos se preguntaron así mismos -
¿Qué voy a hacer? - Y dos voces juntas en mi mente contestaron a
la misma pregunta que en este momento yo me estoy haciendo -
Simplemente no lo sé.

ÚLTIMO SUEÑO
El Soñador

Había una vez un soñador que en Utopía hubiera podido vivir, que en "Un mundo feliz" lo hubiesen encarcelado, este soñador se llamaba Iván.

Iván tenía tan solo dieciséis años y a esa edad, Iván nunca había soñado. Él habitaba un mundo en el que los sueños ya habían sido prohibidos, la historia había demostrado que el sueño individual era lo que llevaba a las guerras, a los problemas; la rotación de personal en las empresas transnacionales era causada por el eterno sueño de la superación. De alguna manera tenía que acabarse con el hambre, con las guerras, con la injusticia. Un hombre entonces pensó - ¿Qué pasaría sí dejo de pensar en mí y empiezo a pensar en el conjunto? -Resultó ser este hombre un personaje importante a nivel internacional, cuando el renunció a su dinero y lo repartió entre otras personas fue alabado, más él no recibía los cumplidos, simplemente contestaba - Sí todos dejaran de pensar en sí, verían qué fácil es dar y entregarse a una buena causa.

La gente empezó a imitarlo, primero uno, luego dos, después un país y al final el mundo entero estaba con esa loca moda de no pensar en sí mismos y dar; la gente empezó a ir a trabajar con un poco más de gusto, los niños estudiaban y ayudaban en casa; no había gente sin hogar, la comida era compartida.

En menos de dos años, el mundo era otro, se inició esta nueva doctrina en las escuelas, no pensar en ti mismo era la solución, los libros de personajes que buscaron independencia se abolieron, una especie de socialismo disfrazado comenzó; en ese momento, nadie habló de los sueños, esos no fueron prohibidos, pero toda acción conlleva a una reacción y todo hecho tiene una consecuencia; pronto los niños nacieron y crecieron sin sueños, pues no podían pensar en sí mismos, simplemente formaban parte de esa maravillosa máquina en la que la gente era feliz o al menos lo parecía, efectivamente, las guerras cesaron, la comunión llegó, todos tenían lo suficiente y quizá un poco más, todos trabajaban para todos.

Una vez algún anciano en un lugar público habló de algo llamado música, Iván estaba por ahí - ¿Qué es la música? - preguntó al anciano, quien con una lágrima y la voz entrecortada contestó -Era la expresión de mi alma, mi forma de vida, antes de que dejara de pensar en mí -Iván no comprendió, que era la expresión del alma, para él y como lo enseñaban en la escuela, la expresión del alma era el amor hacia el mundo, hacia el todo del cual formamos parte, no lograba entender -Pero ¿a qué se parece? ¿sí la veo, cómo la reconozco? -El anciano sonrió -Lo más bello de ella es que no puedes verla, es quizá como el aire, puedes sentirlo, puedes vivir gracias a él, pero nunca lo podrás ver
-Iván pensó que el viejo estaba loco, sonaba tan personal su música que pensó que era un inadaptado más, que no podía vivir siendo parte de este mundo.

La nueva historia hablaba de muchos como él, muchos que se atrevieron a pensar en sí mismos y las consecuencias de sus pensamientos: división de tierras, matanzas, perversiones, tantas cosas tan dañinas, tantas cosas que llevaron a la Tierra por una espiral en decadencia que no tenía sentido seguir -Y si fuera tan buena ¿por qué no existe más? -Iván retaba al anciano - Porqué alguien dejó de vivir
¿has escuchado por las mañanas la marcha del nuevo mundo? -Por supuesto que la había escuchado, todos la escuchaban todas las mañanas, era un sonido que se había hecho con computadoras, para recordarnos todos los días la importancia del todo -Bueno, imagínate eso, pero con el corazón y el sentimiento de una sola persona, que quizá su corazón le duele tanto que no encuentra las palabras para expresar su dolor o su felicidad, entonces encuentra la manera a través de sus manos o su voz, encuentra el sonido en un instrumento que entra quizá por

el oído, pero llega hasta el alma de aquel que lo escucha y lo hace temblar de emoción -Iván por un momento trató de sentir lo que el viejo describió, más no pudo, pues no conocía ese tipo de sentimiento, se sintió algo frustrado, pero pronto culpo a la locura del viejo por la inexistencia de esa sensación -Sí te interesa escucharla, yo podría llevarte a un lugar donde nos reunimos de vez en vez, algunos locos ancianos como yo y regresamos a aquel tiempo, a aquel sentimiento -Ese hombre se quedó callado, observando a Iván, después a otras personas que estaban a su alrededor, el árbol que con sus suaves manos también hacía sonar la música del universo, él había aprendido desde pequeño a escuchar la música de la vida y conoció la música del corazón.

Se levantó después de un rato, riendo, reía porque la gente creía que estaba loco, que hablaba de cosas inexistentes, poco se acordaba de lo que fue un día el mundo, es increíble como en tan solo unos cuarenta años la gente logra olvidar
-Mira que si yo hubiese olvidado, probablemente estaría muerto -Pronto llegó a un callejón al parecer sin salida, caminó hasta el fondo y ahí abrió con suma cautela una puerta que se ubicaba atrás de un contenedor de basura, aunque el mundo no era como los países comunistas o socialistas que alguna vez existieron, en el cual te mataban si eras individuo, aunque tu vida no corría peligro, sí lo corría tu libertad, pues te ingresaban en un centro "voluntario" de readaptación, del cual podías salir cuando querías, pero debías cumplir al menos con cuarenta horas de enseñanza sobre el porqué la individualidad es mala para el todo, la mayoría de la gente salía creyendo con tanta fe en el todo, que funcionaba -Bola de idiotas -pensó Cristóbal, él había cumplido ya con más de ciento veinte horas, pasaba los exámenes y continuaba con su vida, muy probablemente para volver a ser ingresado, claro, voluntariamente a readaptación -Roberto ¿cómo estás? - comenzó a saludar a sus amigos y amigas, casi todos mayores de cincuenta años, algunos traían nuevos adeptos o a sus familias, hijos y nietos a escuchar un poco de música; es increíble que hasta en los mun-

dos perfectos la corrupción o pongámoslo de otra manera, el deseo de conseguir algo prohibido, siempre genera una red de personas dedicadas a complacer al paladar más exigente; así consiguieron sus instrumentos, con los cuales deleitaban no solo sus oídos sino también los de los demás y sus corazones, también refrescaban su vida y les recordaba que algún día, pudieron soñar -Esta canción se llama "Sueño" - Iván entró y todos voltearon a verlo, incluso la música calló y sorprendentemente los que ahí se encontraban escondieron en cuestión de segundos todos los instrumentos, la gente lo observó, él había seguido a Cristóbal sin que éste se diera cuenta -Buenas noches, el señor me invitó -dijo señalando a Cristóbal -Adelante, pasa, sabía que vendrías y ahora después del susto, les repito, esta canción se llama: "Sueño" -La palabra sueño para Iván no significaba más que aquello que sentía cuando estaba cansado, él no sabía, pero el agua que bebían contenía una leve cantidad de una droga supresora del sueño, con la cual el cerebro dejaba de trabajar de modo normal y reprimía ese tipo de reacciones nocturnas que algún día la gente conoció como sueños, en estos años habían aprendido que eso era igual de dañino que el pensamiento individual, pues muchas veces de ahí nacían ideas, regresaban los recuerdos y toda la perfección del mundo podría terminar. Es por eso por lo que Iván no entendió el nombre de lo que iba a hacer Cristóbal.

Cristóbal sacó un pequeño instrumento de madera, con unas delgadas líneas de cable, lo colocó en su barbilla, sacó una especie de palo de madera con otro tipo de cable, cuando pasó el palo por los alambres del instrumento, Iván se asustó, quizá el sonido fue más fuerte de lo que esperaba, quizá simplemente estaba tenso por estar viviendo aquello, pero segundos después, aquel sonido que salió de ese instrumento tocado por Cristóbal, al cual se le unieron otros sonidos que salían de otros aparatos tocados por alguien más, causó en su cuerpo sensaciones nunca antes sentidas, Iván estaba embelesado, supo al terminar la primera canción, lo que esta palabra significaba, comprendió todo aquello que Cristóbal le había platicado horas antes. Ignorando el peligro de estar ahí se dejó llevar esa noche y otras tantas más.

Sus visitas se volvieron regulares, fue descubriendo que no solo hacían música, también la escribían, bueno, todos los humanos escribían, pero estos escribían sobre sueños, sí, supo que antes había algo llamado sueño, estos sueños podían ser sueños de vida, aquellos que tenías despierto mientras planeabas lo que harías y como lo harías, otros eran simplemente sueños, cosas que veías dormido, a veces inexistentes, a veces tan reales que podías volver a nacer o podías morir en un sueño. Él leía aquello que le presentaban, gracias a las cosas que le dieron a leer supo que antes, las personas eran individuos, quizá había hambre, guerras, dolores, pero había libertad de decisión, había vida; la gente tenía opciones, podías optar por trabajar en lo que amabas, trabajar por necesidad o robar, por supuesto los que hacían esto último obtenían castigos, los segundos tal vez no eran muy felices y los primeros eran afortunados, pero tener ante ti la perspectiva de hacer algo por ti mismo y no por los demás sonaba deliciosa. La palabra sueño, era aquella que desde el primer día dio vueltas en su mente, todo su día giraba en torno a soñar, soñar despierto que soñaba dormido.

Con los días y la confianza Iván pudo obtener la droga que retornaba la facultad al cerebro de soñar, Cristóbal le dio algunas indicaciones importantes -Nunca la tomes si esa noche habrá alguien en casa, pues de saber que sueñas habrá una investigación, de la investigación un examen médico, del examen ya sabes que sigue y no queremos que eso suceda ¿correcto? -Cristóbal le extendió al menos una docena -Una antes de dormir es suficiente, no necesitas más -Iván las guardó en su bolsillo - ¿Me prestas nuevamente aquel libro del monstruo? -Iván se refería a la "replica" de Frankenstein, escrito por Cristóbal para recordar aquella historia leída en su infancia; pobre Mary Shelley, si leyera su versión, seguro se retorcería en su tumba -Claro, es una lástima que no pudieses leer el original -Iván observó en el rostro de Cristóbal una profunda tristeza, imaginaba lo que era tener todo aquello con libertad y de pronto perderlo, para solo vivirlo a medias. Tomó el libro para guardarlo en su mochila escolar y salió de ahí. Con toda cautela salió de aquel callejón y fue a casa; él había leído el ensayo de Tamara sobre las dictaduras comunistas y socialistas, se percató que, aunque vivían en una era "pacifista" como la llamaban los líderes, no era más que una dictadura disfrazada, quizá sin la agresión física que se vivía en la otras, pues no se sabía de torturas ni asesinatos, pero que peor asesinato que aquel en el que la víctima es el alma.

Después de un tiempo, Iván empezó a formar sus propios pensamientos para plasmarlos en un libro, en el cual describió su miedo inicial a los sueños, a la libertad. Platicaba que mientras aprendía un poco de todo esto, se percataba que los sueños y la aventura de ir tras ellos muy probablemente te lastimaría, quizá te aislaría de muchos que, celosos, tratarían de que no los cumplieras, pues la gente siempre ha sido gente y desde que el humano existe existieron las guerras, las luchas, la envidia; a cierto nivel entendía la decisión de aquel que soñó que sí hacíamos a un lado estos sentimientos personales, podríamos tener pensamientos globales que nos ayudarían a tener una vida más tranquila.

Entre escribir y escuchar música Iván siguió soñando, despierto la mayor parte del tiempo, dormido cuando tenía la oportunidad, le causaba gracia aquello que veía dormido, pues muchas veces eran irreverencias de la realidad, pero era divertido; conoció las pesadillas dormido y despierto, una no pasó del susto, al despertar había terminado, la otra duró más tiempo.

Empezó a crecer en su alma una frustración, su pesadilla, la frustración era no poder compartir con el mundo, con la gente que amaba, todo aquello que había descubierto, sobre sí mismo, sobre el pasado, sobre el futuro; pues sí bien no era clarividente, él sabía que el futuro tenía que llegar y llegaría a través de desenterrar el pasado, de recuperar nuestra individualidad, pues él ya no era feliz sin ella.

Su familia notó un cambio en él, ahora era más amoroso, más comunicativo. Él notó que mientras más se iba descubriendo, más soñaba y mientras más soñaba, más quería gritar quien era -Soy Iván, soy escritor, soy abogado, soy músico, soy Iván, soy lo que quiero ser, soy Iván - Gritaba en su mente por no poder hacerlo frente a la gente
-Soy Iván y ayer soñé que volaba, soy Iván y ayer creí estar vivo.

Creyó estar vivo.

Cuatro años después era demasiado tarde para que aquel mundo pacifista pudiera entender lo que había sucedido; nunca nadie había alzado la voz contra la doctrina de amor y paz que había detenido guerras y hambres ¿quién podría estar en contra de eso?

Las noticias en el televisor lo mostraban, era un joven de unos veinte años, su rostro estaba completamente iluminado, irradiaba felicidad, confianza. Decían que hablaría en nombre del amor y de la paz, decían que era un genio en su colegio y que había demostrado tener un futuro brillante para la política; se había corrido el rumor que él tenía un lugar asegurado en el Consejo por la Paz Mundial, él había solicitado la oportunidad de hablar en vivo, en cadena internacional al mundo; clamaba haber descubierto la manera de vivir por siempre en paz. En este mundo, donde nadie piensa en sí mismo, no se le podía negar esa oportunidad.

-He juntado algunas frases que marcaron el pasado de la Tierra, frases que definitivamente me marcaron a mí -Nadie podía siquiera sospechar las frases que Iván diría -Tuve un sueño - Cuando terminó la palabra sueño, todos aquellos ancianos, que sabían bien a lo que se refería, quedaron estupefactos; los jóvenes simplemente prestaron un poco más de atención, pues no entendía que podría haber de importante en la palabra sueño -Tiren ese muro.

Las miradas del mundo estaban sobre él -Ego -las frases y las palabras se arremolinaban en la mente de Iván, quien quería decir todo antes de que lo callaran -Libertad de expresión - volteando a ver de cierta manera retadora a los líderes, Iván continuó -la música del alma, el alma -guardó aquel papel en el que tenía sus pensamientos escritos e invitando a subirse a algunas personas al estrado en el que estaba parado, gritó - ¡Música! - Cristóbal, junto con otras seis personas sacaron pequeñas flautas que tenían ocultas y empezaron a tocar -Música. No importa sí en el pasado las cosas no eran perfectas, aquello que nos trajo aquí hoy, a esta paz perfecta, fue lo mismo que nos robó lo más importante de nuestro ser, el alma, la libertad, la vida -sin decir más volteó a ver a sus amigos. Durante algunos minutos el mundo entero guardó silencio y escuchó la música, algunos por primera vez, otros después de mucho tiempo, en silencio muchas almas despiertas soñaron, algunos con los ojos cerrados, otros con los ojos abiertos, pero todos con el alma abierta, todos con el corazón en la mano. No sería posible explicar lo que sucedió, pues es increíble pensar que millones de personas, en diferentes países, con diferentes horarios, por un momento, todos estuvieran conectados por un mismo deseo, por un mismo pensamiento y ese era qué ese momento durara tan solo un poco más.

Iván lloró, dio una palmada a Cristóbal en señal de despedida y se acercó al hermano Rouge, que en ese momento era el vocero del Consejo -Ahora, hermano, lléveme a readaptación, sé que no debí hacer esto, pero mi corazón se ahogaba en palabras y sueños, he descubierto que tal vez duela soñar, que más duele el tratar de realizar tus sueños, sobre todo si son difíciles de realizar. Es agotante tener tanto por hacer y por dar y no poder hacerlo en el momento deseado, duele mucho, duele el alma; estoy dispuesto a intentar olvidar todo esto y no porque duela, no, pues duele más el descubrir que nunca había vivido, hasta que me atreví a soñar. No, no es por eso que iré a readaptación, iré, porque ahora que conozco esto, ahora que envié mi mensaje a la gente, ahora puedo descansar, aunque no le prometo que en unos años más no lo vuelva a intentar, pues aunque me quiten la hoja y el papel, aunque quemen los violines, yo seguiré soñando, oyendo música, escribiendo en mi mente, con mi alma -El hermano lo interrumpió poniéndole un dedo en la boca -Calla, no me dejas escuchar -Iván sorprendido vio los ojos del hermano Rouge, en ellos pudo ver algo que no había visto antes, vio amor, compasión y sueños, muchos sueños.

Cristóbal seguía tocando, la gente comenzaba a hablar. Iván simplemente se alejó caminando sin mirar atrás, sabiendo que en ese momento el mundo entero volvió a soñar.

Made in the USA
Columbia, SC
24 August 2022

65313248R00043